KB082166

공명의 시간을 담다

공명의 시간을 담다

2014년 4월 1일 초판 발행 • 2024년 1월 31일 6쇄 발행 • **글·사진** 구본창 • **펴낸이** 안미르, 안마노
기획 배소라 • **편집** 박현주 • **디자인** 이정민 • **영업** 이선화 • **커뮤니케이션** 김세영 • **제작** 세걸음
글꼴 SM3신신명조, SM3세명조, Adobe Garamond Pro

안그라픽스
주소 10881 경기도 파주시 회동길 125-15 • **전화** 031.955.7755 • **팩스** 031.955.7744
이메일 agbook@ag.co.kr • **웹사이트** www.agbook.co.kr • **등록번호** 제2-236(1975.7.7)

ISBN 978.89.7059.732.4 (03810)

시간을 수집하는 사진가

공명의
시간을
담다

안그라픽스

차
례

프롤로그

사진가로 산다는 것

초등학교 시절, 선생님은 말굽자석을 앞에 갖다 놓고 공명共鳴에 대해 설명해 주셨다. 한쪽을 두드리면 다른 한쪽이 공명을 일으키며 웅웅 소리를 반복하던 두 개의 말굽자석, 그때의 놀랍고도 아름다운 소리를 지금도 잊지 못한다.
나의 바람도 결국 그런 사진적인 공명이다.
나는 내가 찍은 사물과의 교감이 일종의 에너지처럼 필름 속에 스며든다고 믿는다.

많은 사람들이 크고 화려한 것에 주목한다. 쉽게 눈에 띄지 않거나 낮은 목소리로 말을 건네는 것들은 무심히 스쳐 지나간다. 크게 드러나지 않고 한 발자국 물러난 곳에 고즈넉하게 숨어 있는 존재들. 얼핏 볼 때 그것들은 낡아 빠졌거나 쓸모를 다한 존재처럼 보이지만, 조금 더 관심을 갖고 지켜보면 그 속에 스민 이야기가 새어 나온다. 작고 조용한 존재들에 말을 걸고 귀를 기울이는 행위, 지금껏 내가 해온 사진 작업의 큰 축은 이러한 시선에 기조를 두고 있다.

2013년 봄, 특별한 전시를 하나 하게 되었다. 나의 60번째 생일을 기념하여 제자들이 아이디어를 낸 전시의 제목은 〈구본창의 행복한 기억〉. 내 이름으로 전시가 열렸지만 특이하게도 내 작품은 한 점도 출품되지 않았다. 대신 지금까지 나와 사진으로 인연을 맺은 사람들의 흔적들이 전시되었다. 젊은 시절부터 지금에 이르기까지 지인들과 주고받은 편지, 교환한 작품, 함께한 전시 포스터들이 갤러리를 채웠다. 사실상 그것은 사진가로서 살아온 모든 나날을 담은 '기억의 전시'였다.

그보다 두 해 앞선 2011년에는 어린 시절부터 모아 온 낡은 수집물들을 개인전에 선보였다. 전시 기획자가 '사진가 구본창의 30년 작업 세계를 조망하기 위한 콘셉트'로 제시한 것이 바로 나의 〈컬렉션〉이었다. 그곳에는 낡은 의자와 선풍기, 학생 시절에 읽던 잡지와 책들, 닳아 없어져 가는 비누 조각, 여행 중 벼룩시장에서 사 모은 시계 등이 전시되었다. 그들 가운데는 내 사진의 주제가 된 것도 있고 지극히 개인적인 수집물로 남아 있던 것들도 있지만, 그 모든 하나하나는 기억의 한편에서 늘 나에게 영향을 주는 물건들이었다. 그 전시는 사진가로서의 나의 작업 세계를 보여 주는 '내면의 전시'였다.

남들이 보기에도 사진가 구본창의 세계를 아우르는 키워드는 '수집'과 '기록'인 듯하다. 누구나 자신의 지나온 날들을 기억하게 하는 흔적들을 가지고 있겠지만, '모은다'는 행위는 내게 각별한 의미가 있다. 나는 어려서부터 '버리지 못하는 사람'이었기에 작은 인연과 시간을 품은 하찮고 사소한 물건들을 모으며 지금까지 살아왔다. 내 삶은 그렇게 모인 흔적들로 이루어져 있다. 그리고 그런 유형과 무형의 흔적들로부터 만들어진 이야기가 필름에 기록되어 나의 사진이 되었다.

나는 사진을 통해 사회적으로 큰 주제를 다루기보다 인간의 가장 보편적인 감정과 삶의 통찰을 다루고 싶었다. 애초에 사진을 시작하게 된 것도 어떤 원대한 목적이 있어서가 아니라, 과연 나라는 인간이 세상에서 무엇을 할 수 있는지 몰라 방황하다가 사진 작업을 통해서 내 존재 가치를 확인할 수 있었기 때문이다.

청년 시절 나의 의지와 상관없이 경영학을 공부하고 기업에 취직하면서 그게 진정 평생 살아야 하는 길인지 회의가 들었을 때, 카메라는 처음으로 내가 가지고 있는 가능성이 무엇인지 알려 주었다. 카메라를 통해 나만의 눈으로 세상을 바라보고, 내가 잡아낸 이미지로 세상 사람들과 교감하고 함께 즐거워할 수 있다는 사실은 그 자체로 행복한 것이었다. 사진가라는 직업으로 유명해져야겠다는 생각이 아니라 그저 즐거워서 하루하루를 정신없이 보내다 보니 30년이라는 시간이 흐른 것이다.

물론 그 행복한 기억 속에는 사진적 토양이 척박하던 1980년대 중반에 한국에서 사진가로 첫발을 디딘 후, 나의 내면세계를 투영해 보여 줄 새로운 영상언어를 찾기 위해 분투했던 시절의 고통도 포함되어 있다.

나는 지금도 현재진행형의 작가이고 한국 사진계에서의 내 사진과 역할에 대한 평가는 나 자신이 아닌 다른 사람의 손으로 이루어져야겠지만, 적어도 내 자신이 스스로에게 가장 크게 의미를 부여하는 사진가로서의 작업이란, 사라져 가는 일상의 순간순간을 잡아내어 기록하며 그 매순간의 공명을 담아내는 것이다.

사진가의 기본은 카메라로 이미지를 기록하는 것이다. 요즘은 휴대폰으로도 쉽게 사진을 찍을 수 있는 세상이라 이미지의 기록이라는 행위가 누구에게나 보편화되긴 했지만, 사진가로서의 기록은 휴대폰 사진의 기록이나 주말 나들이 때 찍은 디지털 카메라의 기록과는 다르다고 생각한다. 사진가는 쉬엄쉬엄 생각날 때 한 장씩 사진을 찍는 것이 아니라 숨을 쉬듯이 그것으로 세상에 존재를 증명하는 사람들이기 때문이다. 스쳐 지나가는 장면은 두 번 다시 반복될 수 없기 때문에 그때를 놓치면 영원히 재현할 수 없는 순간들을 기록하기 위해 항상 카메라를 들고 렌즈 너머로 세상을 바라보는 사람들이다. 대상과 교감하는 방식이 각기 다른 사진가들이 보여 주는 그 기록들은 평소에 의식하지 못했던 세상을 경험하게 해줄 것이다.

그러나 한 사람의 사진가로서 내가 활동하는 반경과 소화할 수 있는 주제에는 한계가 있다는 것을 나이가 들수록 새삼 깨닫게 된다. 시간도 태어난 곳도 움직이는 장소에도 모두 한계가 있기에 내가 할 수 있는 이야기에도 한계가 있다. 이 지구상의 수많은 이야기와 풍경을 다 통괄할 수 없기에, 스쳐 지나가는 그 많은 것 중에 어떤 이야기를 들려줄 수 있을지를 끊임없이 고민하게 되는 것이다. 이럴 때마다 학기말에 과제를 제출해야 하는 학생처럼, 언제나 미완의 과제에 등을 떠밀리고 있는 심정이 된다. 실상 내가 세상과 소통하며 이미지로 기록하는 이야기에 완성이란 있을 수도 없고, 최고의 작품이라는 것도 있을 수 없을 것이다. 그저 할 수 있는 만큼 최선을 다해 이야기하다 가는 것이 결국 인생이 아닌가 싶다.

다행히 나름대로 내가 가장 잘할 수 있는 이야기를 찾았고, 그것으로 행복한 기억들을 계속 만들어 가고 있다. 나이가 들면서 바라보는 대상은 젊은 시절과 비교해 많이 바뀌었지만 기본적으로 드라마틱하고 규모가 큰 것보다 잘 들리지 않는 떨림이나 사소한 일상이 아름답게 빛나는 순간들, 삶의 표면 아래 감춰진 자국들에 마음이 간다. 그것을 찾아냈을 때, 사진에 기록하여 누군가에게 감동을 주었을 때, 나의 존재 가치도 살아나는 것 같다. 끊임없이 그런 존재 가치를 확인하는 것이 사진가로서 나의 삶이다.

이 책은 내가 사진가로서 세상과 소통하며 이야기를 발견해 간 과정을 담은 것이다. 한 사진가가 모아 온 시간과 인연의 기억을 기록한 사진 이야기이다.

강릉관노가면극 촬영 중 기념사진. 2003

01

낡은 시간을 수집하다

오래전 텔레비전에서 청각장애를 가진 영국의
타악기 연주자 이블린 글레니를 다룬 다큐멘터리를 보았다.
소리를 듣지 못하지만 몸으로 진동을 느끼면서
커다란 북을 이용하여 즉흥적인 음을 만들어 내는 연주가였다.
연주의 목적을 묻는 질문에 그녀는 이런 대답을 했다.
'어렸을 적 들었던 기억 속의 음을 찾는 것'이라고.
그 말이 기억에 남았던 이유는, 사진가도 결국 마찬가지라는
생각이 들어서였다. 어쩌면 사진가의 일이란 어려서 경험한
시각적 영상을 재확인하는 작업인지도 모른다.

어린 시절, 우리 가족은 신당동에 살았다. 일본인이 많이 살았던 동네였고, 우리 집도 일본인이 살던 적산가옥 중 하나였다. 돌과 나무가 잘 조성된 그 집 마당은 내 유년기 최초의 기억이 깃든 장소이자 자연과 친숙해진 배움터였다. 또래들과 어울려 뛰노는 것을 싫어했던 나는 사람을 만나기보다 그곳에서 혼자 사물을 모으고, 좋아하는 사물들과 일대일로 이야기하기를 즐겼다. 마당에 핀 꽃, 흙바닥을 파서 나온 깨진 그릇, 비 온 뒤 도랑에서 건진 자갈과 사금파리 조각들. 내게는 그런 것들이 아름다웠다. 예닐곱 살 무렵부터 내 서랍에는 사소하고 하찮은 물건 가운데서 건져 낸 나만의 수집품들이 자리하기 시작했다.

어머니를 따라 곧잘 다녔던 수구문水口門, 현재의 광희문(光熙門) 시장의 풍경도 빼놓을 수 없는 기억이다. 그곳은 온갖 물건들의 생김새와 다채로운 빛깔을 탐닉할 수 있는 공간이었다. 갓 뽑은 국수를 내걸어 놓은 가게, 콩기름을 짜고 남은 누런빛의 콩깻묵, 대패로 종이처럼 얇게 밀어 고기를 싸주던 푸줏간의 나무 포장지, 그리고 청계천 6가의 헌책방들과 연말이면 광장시장 주변 길가에 늘어선 노점상들이 팔던 반짝이는 장식품들. 세상살이에 쓰는 갖가지 자질구레한 생활 도구들과 정성을 들인 소박한 물건의 아름다움을 인식하기 시작한 것도 이 무렵부터였다.

학교에 들어가기 전부터 집단생활을 꺼렸던 내향적인 성격 때문에 나는 점점 더 외부와 거리를 두게 되었고, 그렇게 내 세계 속으로만 침잠하다 보니 일종의 돌파구로 사물을 발견하고 수집하는 데 애착을 가졌던 것이다. 그러나 가족들은 나의 이런 성향을 못마땅하게 여겼다. 수집품을 서랍에 모아 놓으면 사내자식이 왜 이런 걸 가져왔느냐고 핀잔을 듣기 일쑤였다. 나 역시 여린 감수성이 남 앞에 드러나는 것이 창피했고, 대학에 들어갈 때까지도 사내답고 씩씩하지 못하다는 열등감에서 벗어나지 못했다.

이런 소극적인 성격은 3남 3녀 중 다섯째라는 환경과도 무관하지 않았을 것이다. 장남으로 여섯 살 위였던 형은 당시 손꼽히는 명문이었던 서울중학교를 1등으로 입학한 수재였다. 집 안에는 웅변대회를 비롯해 각종 대회에서 형이 받은 트로피들이 가득했고, 주위에서는 나도 당연히 서울중학교에 들어갈 것이라 믿고 있었다. 그런 분위기에서 서울중학교를 떨어졌으니, 그때는 세상이 끝나는 것 같은 기분이었다. 그해 나는 혜화동에 있는 동성중학교에 들어갔지만 결국 고등학교는 서울고등학교로 갔다. 그렇게 남동생까지 삼형제가 모두 서울고를 졸업했다.

그러나 서울대에 진학한 형에 대한 집안의 커다란 기대와 막내에 대한 보살핌 사이에서 나는 줄곧 소외감을 느낄 수밖에 없었다. 흔히 형제들 중 차남 차녀가 독립적이고 창의적이라는 소리를 많이 듣는 이유는, 이렇게 위아래서 치받치는 환경 속에서 살아남기 위한 일종의 생존 의식 때문이 아닐까. 지금 와서 생각해 보면 형에게 물려받고 동생에게 양보하라는 얘기가 어린 마음에 얼마나 불만이었을까, 그 불만이 물건에 대한 집착으로 나타났던 것이 아닐까 싶다.

버려지고 덧없는 것들에 대한 애착. 나도 버려져 있다고 생각했기에 더욱 그것이 애틋하게 느껴졌음을 부인할 수 없다. 나는 지금도 주목 받지 못하고 홀로 있는 대상에 특별히 애정을 느낀다. 학교에서도 두 손 들고 대답 잘하기보다는 숙제는 잘해 왔지만 아무 소리 못하고 뒤에 조용히 앉아 있는 학생들에게 정이 간다. 내가 그랬으니까 그들을 이해하는 것이다. 사물도 사람도, 이미 사랑을 받고 있는 화려한 것들보다 버려진 것이 내 사랑을 받아 다시 살아나는 것에 보람을 느낀다.

학창시절 끝내 해소할 수 없었던 열등감에서 벗어난 것은 독일로 유학을 떠난 뒤의 일이다. 서울에서는 놀림거리였던 것들이 독일에서는 칭찬거리가 되었다. 내가 알아본 미약한 사물들과 그들의 아름다움에 관심을 가지는 나의 감수성이 그곳에서는 단점이 아니라 장점이었다. 사진을 찍기 시작하면서 비로소 내가 무언가 할 수 있는 존재라는 것을 알게 되었다. 사진을 찍기 전에 내게는 항상 형의 동생이라는 꼬리표가 붙어 다녔는데, 사진가가 되고 난 후에는 "이제 어딜 가면 구본창 형이라는 소릴 듣는다"라는 이야기를 형에게서 듣게 된 것이다.

이런 어린 시절을 보낸 내가 학창시절 그림에 빠지게 된 것은 자연스러운 일이었던 것 같다. 내 사진에 대해 많이 듣는 이야기 가운데 하나로 '회화적'이라는 표현을 빼놓을 수 없는 것은 어쩌면 당연한 결과라는 생각이 든다. 사진가가 되지 않았다면 지금쯤 화가 구본창이 되었을지도 모르니 말이다.

중고등학교 시절에도 나는 여전히 말수가 적은 아이였지만 미술반 활동에서 즐거움을 찾을 수 있었다. 혼자 하는 활동이 편했던 내게 시각적 상상력을 자유롭게 펼칠 수 있는 그림은 가장 큰 위안을 주는 대상이었다. 그러나 대학에서 그림을 전공하려던 꿈은 아버지의 반대로 무산되고 말았다. 나의 진학 문제로 가족회의까지 열린 결과, 결국 미대를 포기하고 연세대 경영학과에 입학할 수밖에 없었다. 후에 나를 독일로 떠밀었던 힘 가운데는 그림에 대한 그리움과 희망도 한몫을 차지했다.

그렇게 나는 경영대에 진학했지만, 연대에서도 화우회에 가입하여 그림을 계속 그렸다. 서울고와 연대 경영학과 동기인 영화감독 배창호는 대학 시절에 연극을 했는데, 당시 그의 부탁으로 연극 포스터와 티켓을 그려 주기도 했다. 이 그림들은 내가 대학생 때 그린 클림트Gustav Klimt, 1862-1918와

대학시절에 그린 그림들
로트렉과 클림트, 찰리 채플린과 비틀스의 멤버 조지 해리슨 등을 모사하곤 했다.

CHAPLIN

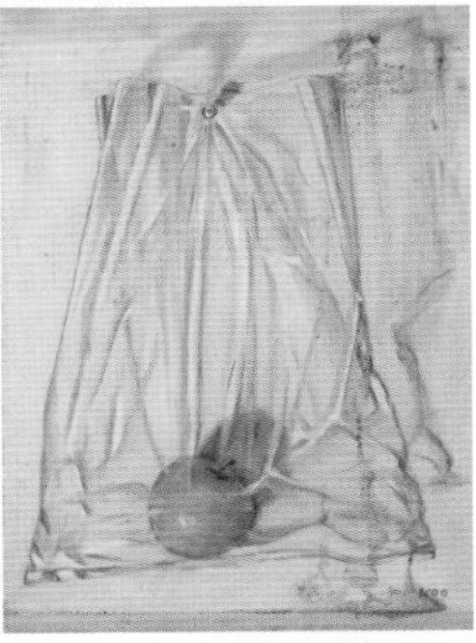

로트렉Henri de Toulouse-Lautrec, 1864-1901의 모작이다. 말하자면 나는 그들의 그림을 모사하면서 선과 색에 대한 감각을 익힌 셈이다. 이것들이야말로 내 과거를 말해 주는, 그리고 다른 작가들과 차별되는 나만의 성향을 이루어 낸 소중한 흔적이자 오늘의 나를 있게 한 원동력이 되었다고 할 수 있다. 내게 사진과 그림은 표현 방법에 차이가 있을 뿐 본질에 있어서는 크게 다르지 않다.

한편 미술에의 꿈을 강경하게 반대했던 아버지는 아이로니컬하게도 내 미적 감각 형성에 지대한 영향을 끼쳤다. 내가 꽤 이른 시기에 시각적인 감각을 깨우친 데에는 아버지의 영향이 컸다. 당시 양모 수입회사를 경영하던 아버지는 외국에 나갈 일이 많았는데, 다녀올 때마다 그 나라의 각종 카탈로그와 브로슈어, 달력과 성냥갑 같은 물건을 가져왔다. 그것은 당시 우리나라에서 보기 어려운 고급스러운 인쇄물들이었다. 나는 특히 호주에서 가져온 양털들이 붙어 있는 샘플북에 깊이 매료되었다. 레드부터 핑

위 \ 1964년 도쿄올림픽 카탈로그와 포스터
가운데 \ 비틀스와 바브라 스트라이샌드, 사이먼 앤 가펑클의 음반
아래 \ 일본 아타카 컬렉션의 1963년 달력

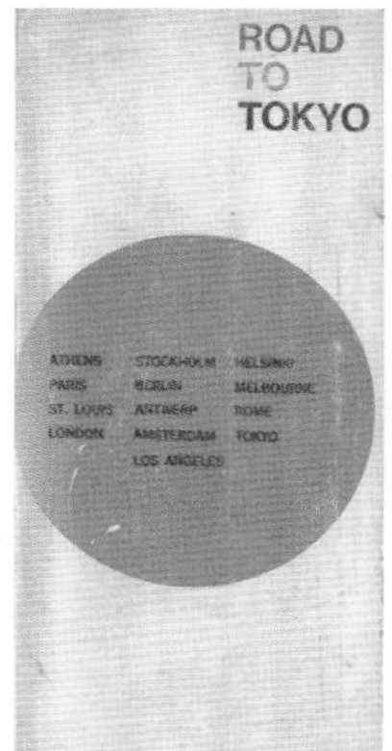
ROAD
TO
TOKYO
ATHENS
PARIS
ST. LOUIS
LONDON
STOCKHOLM
BERLIN
ANTWERP
AMSTERDAM
LOS ANGELES
HELSINKI
MELBOURNE
ROME
TOKYO
1964

Posters
for the XVIII Olympiad Tokyo 1964
TOKYO 1964
TOKYO 1964
TOKYO 1964

stereo
ORIGINAL MOTION PICTURE SOUND TRACK
THE BEATLES
A HARD DAY'S NIGHT

BOOKENDS / SIMON & GARFUNKEL

SEP
OCT
ATAKA & CO., LTD

JUL
AUG

ATAKA & CO., LTD

왼쪽 \ 중학교 시절 내가 구도를 잡고 동생에게 촬영하게 한 최초의 셀프 포트레이트
오른쪽 \ 고등학교 시절 소풍 갔다가 촬영한 취사용품. 원과 직선의 조형적 구성이 눈에 들어와 카메라를 들었다.

화가의 꿈을 꾸던 대학 시절, 1971

20

크, 화이트까지 굵기에 따라 색색으로 염색된 아름다운 양털들은 지금도 강한 기억으로 뇌리에 남아 있다. 그 이국적인 물건들은 내게 세상의 다양한 아름다움을 가르쳐 주면서 내 수집품 서랍을 채워 갔다.

당시에 매혹되었던 것 가운데는 외국 잡지와 레코드판 표지도 있다. 밥 딜런과 비틀스의 앨범은 노래도 명곡이지만 디스크 재킷의 사진과 디자인이 매우 대담하고 신선했다. 당시에는 미처 몰랐지만 이 사진들은 유명한 미국의 패션사진가 리처드 아베든Richard Avedon, 1923-2004 같은 작가들의 작품이었다. 한마디로 음악 산업과 시각 산업의 최고 전문가들이 협업하여 이루어 낸 결과물이었다. 나는 스스로 깨닫지 못하는 사이에, 1960년대 중반에서 70년대 초반의 세계적인 시각예술의 흐름을 그런 식으로 접할 수 있었다.

이런 환경 속에서 나는 일찍부터 시각적인 조화로움에 눈을 뜨게 되었다. 작고 일상적인 사물에 섬세하게 반응하던 감수성은 그렇게 주변의 시각적인 인상들을 흡수하면서 내면에 나만의 영상들을 만들어 갔다. 어린 시절부터 오래도록 단단하게 각인되어 온 그 흔적들을 확인하고 찾아내는 작업. 나의 일이란, 어쩌면 그런 것이다.

1970년의 창경궁 허니문카. 누나가 부탁한 기념사진을 연작으로 촬영하였다.

02

비상 飛上

독일에서의 유학 생활을 통해 내가 얻을 수 있었던 가장 큰 수확은, 새로운 출발을 할 수 있었던 용기와 자신의 새로운 능력과 가능성을 발견할 수 있었던 희열이다. 애초에 사진가라는 목표를 가지고 떠난 것은 아니었다. 아니, 내게 그러한 목표는 필요치 않았다. 다만 적성에 맞지 않는 무역회사의 직원으로 일생을 마치지 않겠다는 것 한 가지는 확신하고 있었다.

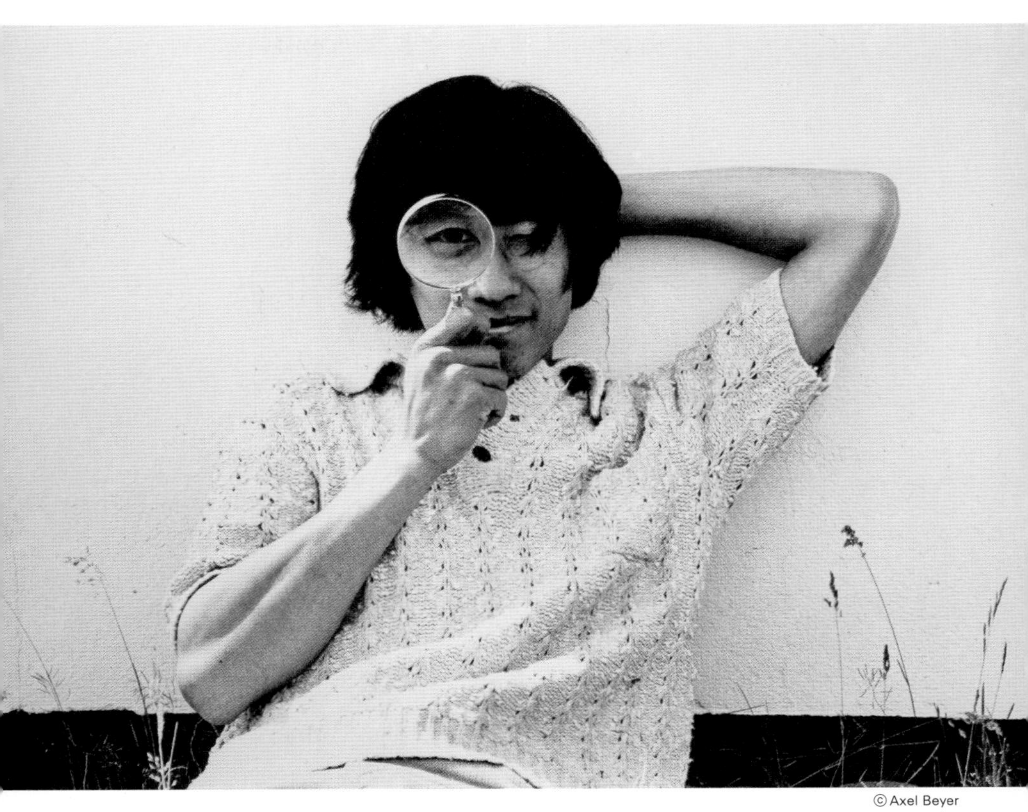

© Axel Beyer

20대 후반에 독일에서 유학하던 시절 내 별명은 '당나귀 구'였다. 과제물이나 사진 촬영 준비를 위해 차도 없는 내가 아침마다 양손과 어깨에 잔뜩 짐을 짊어지고, 힘겹게 짐을 실어 나르는 나귀처럼 나타났기 때문이다. 아마도 그런 생활과 훈련 덕분으로 어려운 난관이나 바쁜 일과를 몸으로 부딪치며 헤쳐 나갈 수 있었던 것 같다. 유학 시절의 기억은 지금도 내게 새로운 동력이 필요할 때마다 힘이 된다. 일이 잘 풀리지 않을 때마다 그 시절을 떠올리며 양손과 어깨가 무거웠던 그 기분으로 다시 시작할 수 있으니 말이다.

1979년부터 1985년 초까지 6년간 나는 독일 함부르크 국립조형미술대학 Hamburg FHS, Fb Gestaltung에서 사진을 공부했다. 내 자신의 의지가 아닌 가족의 뜻에 따라 한국에서 경영대를 졸업하고 군복무를 마친 후 기업에 취직해 회사 생활을 약 반년간 하고 난 후의 일이다.

대학을 졸업한 뒤 대우실업 무역부에 입사했지만 어려서부터 사회생활에 적응하지 못했던 나로서는 조직생활을 통해 환멸만을 맛보았을 따름이다. 신입사원이 감히 먼저 퇴근할 생각도 못하고 상사가 일을 마칠 때까지 기다리면, 그 다음에는 막걸리 집에서 젓가락 두들기는 회식을 2차, 3차까지 다니는 집단생활을 계속해야 한다는 사실이 견딜 수 없는 스트레스였다.

'평생을 이렇게 살 수는 없다.'

반년의 사회생활 끝에 내린 결론이었다. 학교·직장·결혼이라는, 세상이 정해 놓은 코스대로 평생을 살아간다는 것이 아득했고, 익숙한 생활과 지금까지 끌려다녀 온 모범생의 틀에서 벗어나고 싶었다. 다른 나라 사람들은 도대체 어떤 모습으로 사는지 확인하고 싶은 마음도 컸다.

회사를 그만두고 유학을 간다니 당연히 아버지가 반길 리 없었다. 게다가 이미 형이 경제학으로 미국에서 유학을 하고 돌아온 터라, 아버지는 "형을 유학 보냈으니 너에게까지 재정 지원을 할 수 없다"고 못을 박았다. 하지만 이번에는 아버지도 나를 꺾을 수 없었다. 미대를 포기했을 때와 상황은 비슷했지만 내 의지의 강도는 그때와 달랐으니 말이다. 유하게 보이는 겉모습과 달리 나는 지금도 일을 하다 결단을 내려야 하는 순간에는 매섭고 단호하다. 그것은 자신을 보호하기 위한 일종의 껍데기일 수도 있다. 말 잘 듣는 착한 아들로 살아왔던 내가 인생의 중요한 분기점에 서서 절박하게 구원을 원했을 때, 빠른 사리판단은 생존이 걸린 문제였기 때문이다.

유학지로 독일을 택한 이유는 미국과 달리 학비가 많이 들지 않고, 시집간 누나가 함부르크에 살고 있어 심적으로 부담이 적었기 때문이다. 마침 작은 회사에서 독일 주재원으로 갈 사람을 뽑고 있었다. 당시 유학생으로 독일에 나가는 것은 매우 까다로운 일이었지만 주재원은 비교적 쉬웠다. 나는 제2외국어로 독일어를 공부했던 경험을 살려 응시했고, 1979년 한겨울의 독일 땅을 처음 밟았다.

2월의 함부르크는 어린 시절 만들었던 크리스마스카드를 연상시키는 도시였다. 눈 쌓인 전나무와 그림으로 곧잘 그렸던 비탈지붕이 이어진 질서정연한 풍경. 낯선 땅에서 내 삶의 새로운 전기가 시작되었다는 자각은 시각적 충격과 함께 찾아왔다. 눈에 보이는 모든 것이 나를 자극했다. 쇼윈도의 풍경조차 아름다웠다. 독일에서 봤던 비주얼들은 내가 지금껏 마음속으로 그리던 것들과 부합하는 것이었다. 이건 내가 했어야 하는 일인데 여기에서 이미 다 벌어지고 있구나 하는 회한과도 같은 감정을 맛보았다. 이제까지 내가 꿈꾸고 아름답다고 생각했던 것들이 이곳에서는 이미 다 통용되고 있었다. 매장의 쇼윈도, 박물관 포스터, 잡지, 표지판 등 한국에서는 접할 수 없었던 새로운 이미지들에 나는 정신없이 빠져들었다.

외국에서 살아간다는 것은 익숙하지 않은 문화에 적응해야 하는 고달픔도 있지만, 그곳 사람들이 느끼지 못하는 것을 이방인의 눈으로 바라볼 수 있다는 장점도 있다. 언어가 서투르니 자연히 말이 줄어 오히려 더 관찰하게 되고 시각적으로 표현하게 되었다. 그 결과 독일어는 졸업할 때까지도 쉽지 않았지만, 최소한 시각적인 언어로는 나라가 다르고 민족이 달라도 커뮤니케이션을 할 수 있다는 자신감을 얻었다.

내가 무언가를 만들어 냈을 때 그것이 자랑거리가 될 수 있다는 것은

독일 유학 시절. 1979-1984

새로운 경험이었다. 그들이 나를 칭찬하고 그들이 좋다고 느끼는 것을 나도 공감할 수 있다는 자체가 신기했고, 내 존재 가치를 증명해 주는 것 같았다. 사진을 찍으면서 나의 자의식과 외부 세계 사이에 존재하던 벽이 서서히 허물어졌다. 나는 비로소 나의 언어를 찾고 타인과 소통할 수단을 얻게 된 것이다.

학교에서는 1, 2학년 시절에 우선 조형 수업에 필요한 여러 과목을 신청해 자신이 무엇을 가장 잘할 수 있는지 확인하는 시간을 갖게 했다. 드로잉이든 사진이든 판화든 미술대학 안에 있는 다양한 과목을 모두 들어본 후 3학년이 되면서 전공을 결정했다. 하지만 나는 3, 4학년 때도 드로잉, 사진, 그래픽디자인 수업을 모두 들었다. 줄곧 하고 싶었던 그림과 새로운 영역이었던 사진, 감각적 본능을 자극하는 디자인, 어느 하나도 놓치기 아까웠던 탓이다. 그렇게 여러 매체를 이용하여 표현해 본 후에 가장 매료된 것이 사진이었다.

독일에서 1930년대부터 싹이 터 유행하던 사진의 흐름은 '신즉물주의新卽物主義'라 하여 대상 그 자체를 '있는 그대로' 보여 주는 것이었다. 사물을 있는 그대로 찍는다는 것은 사진 안에서 대상들이 존재감을 갖게 한다는 뜻이다. 조명이나 장식, 다른 아무 군더더기 없이 단도직입적으로 대상을 보여 줌으로써 그 물건의 존재감을 드러내는 것. 그것은 내게는 이미 친숙한 것이었다. 어려서부터 사물에 기울여 왔던 관심을 독일 작가들의 즉물주의 사진에서 비슷하게 엿볼 수 있었던 것이다.

때문에 사진이든 드로잉이든 학생들은 '정물'에 관한 훈련을 많이 받았

위 \ 〈무제〉. 1980
아래 \ 독일 유학 시절 과제로 촬영한 〈사과〉. 1983

〈무제〉. 1983

독일 유학 시절에 그린 정물. 1981

다. 2학년 때 수강했던 기젤라 뷔어만Gisela Buehrmann 교수의 드로잉 강좌를 예로 들면, 그분은 우리에게 '이야기가 있는 살아 있는 정물'을 과제로 내주었다. 함부르크를 가로질러 흐르는 엘베 강가에 가서 강물에 떠내려온 물건 가운데 그릴 만한 것을 주워 오라는 것이었다. 어린 시절 물건을 주워 들고 집에 가면 잔소리를 들었던 내게 그런 과제는 낯설고도 즐거운 것이었다. 엘베 강 하류에서 몇 시간을 돌아다닌 끝에 찢어진 우산과 나무 토막을 주워 와서 그림을 그렸다. 하찮은 일상의 물건에 각별한 애정을 가지고 있던 나에게 교사로부터 그런 과제를 받았다는 사실은 일종의 동질감과 함께 나의 관심사에 대한 긍지를 갖게 해주었다.

뷔어만 교수는 '정물을 그리는 것은 보이는 모습을 그대로 묘사하는 것만이 목적이 아니며 죽어 있는 물건에 숨을 불어넣는 일'이라 가르쳤고, '대상물이 존재하려면 배경이 있어야 하므로 그 대상물과 주변의 관계를 살펴야 한다'고 강조했다. 수업시간에 우리는 대상물을 이미 잘 알고 있다고 믿는 선입관을 버리고 오랫동안 관찰하며 그것과 교감하려고 노력했다. 한 예로 강의실에 있는 의자를 몇 개 쌓아 놓고, 평소 익숙한 그 대상물을 새롭게 관찰하고 존재감을 살려 내기 위해 애썼다. 그러한 노력을 통해 학생들은 익숙한 일상의 사물도 관찰을 통해 새로운 아름다움과 그 안에 담긴 이야기를 찾을 수 있다는 것을 점차 깨달아 갔다.

많은 강의 중에서도 그분의 수업은 내게 대상물을 읽어 내는 데 필요한 교감의 순간과 관찰력의 중요성을 일깨워 주었다. 대상물을 가린 장식과 껍데기를 벗겨 내고 가장 본질적인 존재감을 표현하는 것이 무엇보다 중요하다는 것을 배웠다. 그런 방식을 통해 정물이든 인물이든 풍경이든 그것이 자연스럽게 존재감을 드러내면, 나는 그 이야기들을 그림이나 필름에 담았다.

물론 나에게 독일 생활이 장밋빛이기만 했던 것은 결코 아니다. 부모님에게는 크게 재정 지원을 기대할 수 없어 닥치는 대로 아르바이트를 해야 했다. 경제적 어려움과 늦은 나이에 다시 공부를 시작했다는 사실에서 기인하는 조급함, 미래의 불확실성, 이방인으로서의 외로움은 떠도는 공기처럼 항상 나를 둘러싸고 있었다. 사진 작업에 대한 성취감으로 들떠 있을 때에도 마음 어딘가에서 나는 늘 방황하고 있었다.

독일 특유의 딱딱한 분위기도 나의 고독에 한몫을 했다. 특히 북부인 함부르크 사람들의 냉철함과 철두철미함은, 맺고 끊음이 명확하지 않고 인정을 중시하는 곳에서 온 나에게 여러모로 문화적 충격을 주었다. 누군가 호의를 베풀 때 한 번쯤은 사양해도 다시 권할 것이라는 생각에 우리식으로 "괜찮아요"라고 예의를 차렸다가는 먹고 싶은 것, 받아야 할 것을 못 가져가기 일쑤였다. 몇 번 그런 일을 겪은 후 정확한 의사표현을 하는 것이 이 사회에서 얼마나 중요한지 실감하게 되었다. 또 "잘 가"라는 한마디만으로 뒤도 돌아보지 않고 헤어지는 모습이 야속해 보이지 않게 되기까지는 시간이 필요했다. 몇 년이 지나면서 그것이 그들의 방식이고, 그들로서는 최선을 다한 것이라는 사실을 점차 이해하게 되었다. 다행히 독일 친구들과는 마음이 잘 맞아서 친하게 지냈다. 아마도 나를 이전까지의 한

위 \ 〈셀프 포트레이트〉. 1982
오른쪽 \ 작자 미상. 1983

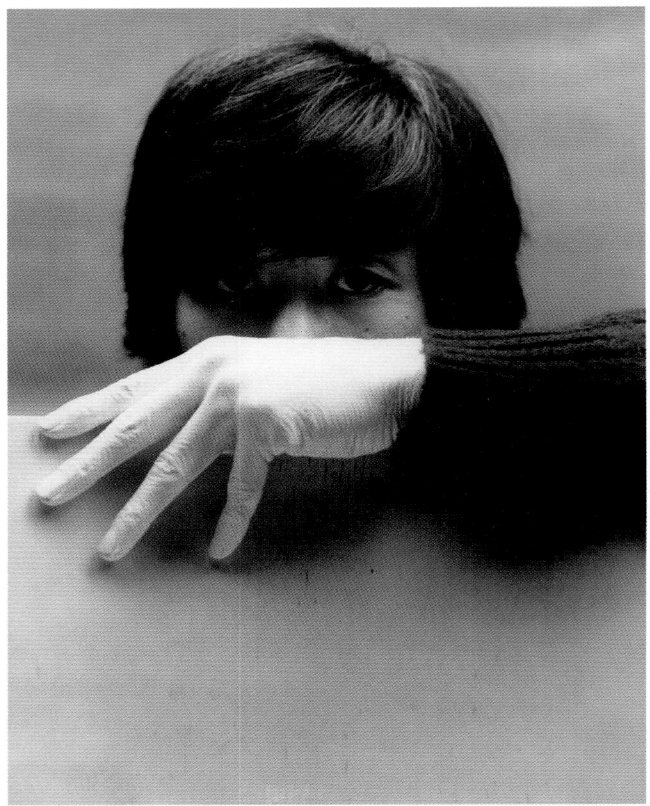

© Axel Beyer

독일 친구 악셀 바이어가 촬영한 <포트레이트>

국적 테두리에서 보지 않고 '구본창'이라는 한 인간으로 대해 준 그들의 스스럼없는 태도 때문이라 생각한다.

독일에서 가장 많이 수행했던 과제는 '정물'과 '셀프 포트레이트Self-portrait, 자화상'였다. 셀프 포트레이트는 "네 자신을 생각해라. 너 자신을 알라"는 자아성찰의 한 방편으로 학생들에게 많이 주어지는 테마였다. 정물이 내 유학 생활의 의욕과 기쁨을 보여 주는 작업이었다면, 셀프 포트레이트는 내 젊은 날의 고독과 방황을 반영하는 거울이라 할 수 있을 것 같다. 이것은 그 후로도 오랫동안 나의 모티프가 되었다.

나에게 창작자로서의 환희와 이방인으로서의 고독을 동시에 가르쳐 준 땅 함부르크에서 나는 날개를 달고 처음으로 세상을 향해 날아올랐고, 사진가 구본창으로 다시 태어났다. 연중 부슬비가 내렸던 잿빛 하늘의 도시. 그러나 길고 어두운 겨울이 지나면 거짓말처럼 온 거리에 갑자기 노란 수선화가 만발하면서 부활절을 알렸던 도시에서 무거운 카메라 가방을 짊어지고 거리를 누볐던, 빛바랜 카드 같은 그 기억이 없었더라면 지금의 나도 존재하지 않았으리라.

03

자신의 사진을 찍으라

독일에 온 다음해에 어머니가 돌아가셨다.
희한하게도 어머니가 돌아가시기 직전, 생활하는 곳곳에서 숫자 '4'와 마주쳤다. 물건을 사면 거스름돈이 44페니이거나 밤에 자다 깨면 시곗바늘이 44분을 가리키고 있었다.
그러다 새벽에 서울에서 걸려 온 전화를 받았다.
그즈음 나는 꿈을 꾸었다. 누나들이 모두 하얀 옷을 입고 어머니와 함께 택시를 타고 어디론가 가는 꿈이었다.
어머니가 소복을 입고 가운데 앉아 계셨다.
44분에서 45분이 되는 동안, 즉 1분간 꾼 짧은 꿈과 같은 느낌을 엮은 연작 〈일 분간의 독백〉은 그 시간이 지나면 내 불행이 끝날 것 같은 마음을 담아낸 것이다. 그 안에는 낯선 타국 생활에 적응해야 했고, 그러면서도 소외된 사람으로 살았던 나의 이야기들이 담겨 있다.
처음으로 표현한 나 자신만의 이야기이다.

14 44

André Gelpke. 1984

독일 유학 시절에 많은 것을 배웠지만 무엇보다도 그곳의 미니멀한 감성이 나와 잘 맞아떨어졌던 것 같다. 쓸데없는 군더더기와 장식을 떼어 내라, 본질을 이야기하라, 부수적인 것에 에너지를 과하게 투자하지 말라. 그 시절에 찍은 나의 사진들은 주로 선·면·형태라는 조형적 요소와 구도, 블랙 앤 화이트 등의 명암 대비가 부각된 간결한 사진들로, 그때까지의 한국사진들과는 느낌이 다른 유럽풍의 분위기를 담고 있다. 지금 보기에도 만족할 만한 완성도를 지녔고, 내게 일본과 미국으로 진출하는 길을 열어 준 작업들이기도 하다.

그러나 1984년, 졸업과 귀국을 한 해 앞두었을 때 나는 형체 없는 불안감에 시달리고 있었다. 학생 신분에서 벗어나 내 작품을 가지고 세상으로 나갔을 때를 생각하니 두려운 기분이 들었다. 학교에서는 잘하고 있다는 칭찬과 격려를 받았지만 마음 한구석에는 무겁게 짓누르는 의심이 자리하고 있었다. 그런 갑갑함이 평소에 없던 용기를 내도록 만들었던 것 같다.

나는 평소에 존경하고 좋아하던 사진가 안드레 겔프케André Gelpke, 1947-에게 전화를 걸어 나의 포트폴리오를 봐달라고 청했다. 그는 당시 독일의 유명한 사진가이자 비평가였고, 나는 그의 사진집을 뒤적이며 프로 사진가의 꿈을 키우던 외국 유학생이었다. 그런 사람에게 다짜고짜 전화를 한 것이다. 그러나 일면식도 없는 외국 유학생의 당돌한 요청을 겔프케는 뿌리치지 않았다. 자신의 집으로 찾아오라고 흔쾌히 나를 초대해 주었다.

함부르크에서 기차와 버스를 갈아타며 네 시간을 여행한 끝에 뒤셀도르프에 살고 있는 겔프케를 찾아갔다. 출발하기 전 흑백과 컬러로 찍은 사진들을 통틀어 그중 조형적으로 가장 완벽하다고 생각하는 사진들을 골라 포트폴리오를 만들었다. 그 사진들을 유심히 살펴본 겔프케의 말은 이랬다.

"참 좋은 사진들이야. 그런데 이 사진들은 어느 유럽 작가가 찍은 것인지 한국에서 건너온 유학생이 찍은 것인지 알 수가 없네. 한국 사람으로서의 아이덴티티를 느낄 수가 없어. 자네는 자신의 사진을 찍어야 하지 않겠나?"

그의 말은 그때까지 내가 느꼈던 허전함이 무엇이었는지를 한순간에 깨닫게 해주었다. 기쁨과 충격을 동시에 안겨 준 예리한 비평이었다. 그날 겔프케의 집에서 하룻밤을 묵으며 그의 암실에 걸려 있는 인화지들을 둘러보면서 두근거림으로 맥박이 빨라지던 기억이 지금도 생생하다. 그의 말에 불현듯 떠올린 나의 이야기가 바로 〈일 분간의 독백〉이다.

사진을 시작한 초기에 나는 주로 도시의 스냅사진을 즐겨 촬영하였다. 일반적인 사진작가의 길이 그렇듯 나도 앙리 카르티에 브레송Henri Cartier-Bresson, 1908-2004이 보여 준 '결정적 순간'들을 찾아다녔다. 그것은 한 컷에 완벽히 조화로운 이미지를 담으려는 노력이었다. 나는 이미 다른 유럽 작가들이 시도했던 도시의 이미지들과 유사한 작업을 반복하고 있었던 것이다. 그러나 너는 너만의 사진을 찍으라고 말했던 겔프케와의 인연으로 인해, 나는 처음으로 나 자신의 감성과 뜻을 사진 속에 투영시키는 작업에 대해 깊이 생각하게 되었다.

함부르크로 돌아오자마자 그동안 찍어 놓은 사진들을 꺼내 고민하기 시작했고, 그중에서 골라낸 것들을 네 장씩 묶어서 그 안에 나의 이야기를 담았다. 유학 생활 동안 내가 경험한 이야기들을 에세이처럼 구성한 것이다. 지난 6년간 내가 겪었던 가장 중요한 사건은 어머니의 죽음이었다. 그때의 커다란 상실감과 그 무렵 도처에서 만났던 '4'라는 숫자에 죽음을 뜻하는 한자 '死'의 중의적 느낌을 담아 마치 영화 컷처럼 네 컷씩 엮었다. 1980년에서 84년까지 찍었던 모든 사진들을 찾아냈고, 일부는 옛날 앨범에서 끄집어낸 사진들로 구성했다.

이 연작의 또 한 가지 특징은 이전까지 내가 A컷이라고 생각했던 멋지게 찍은 사진들을 빼고, 버리려고 했던 B컷들로 구성했다는 점이다. A컷은 프레임 안에 더 완벽한 순간을 담기 위해 몇 초라도 시간을 끌며 아름답게 잘 찍으려 노력했던 것들이다. 그것을 위한 연습인 B컷은 보다 순간적이고 더 스냅적이다. 하지만 그 때문에 오히려 더 본능적이고 즉흥적인 느낌이 살아 있다. 어머니를 향한 마음과 이곳에서 이방인임을 새삼 인식했던 나라는 존재에 대한 상념, 짧은 꿈과도 같았던 유학 생활 6년간의 감상들이 이 작품 안에 담겨 있다.

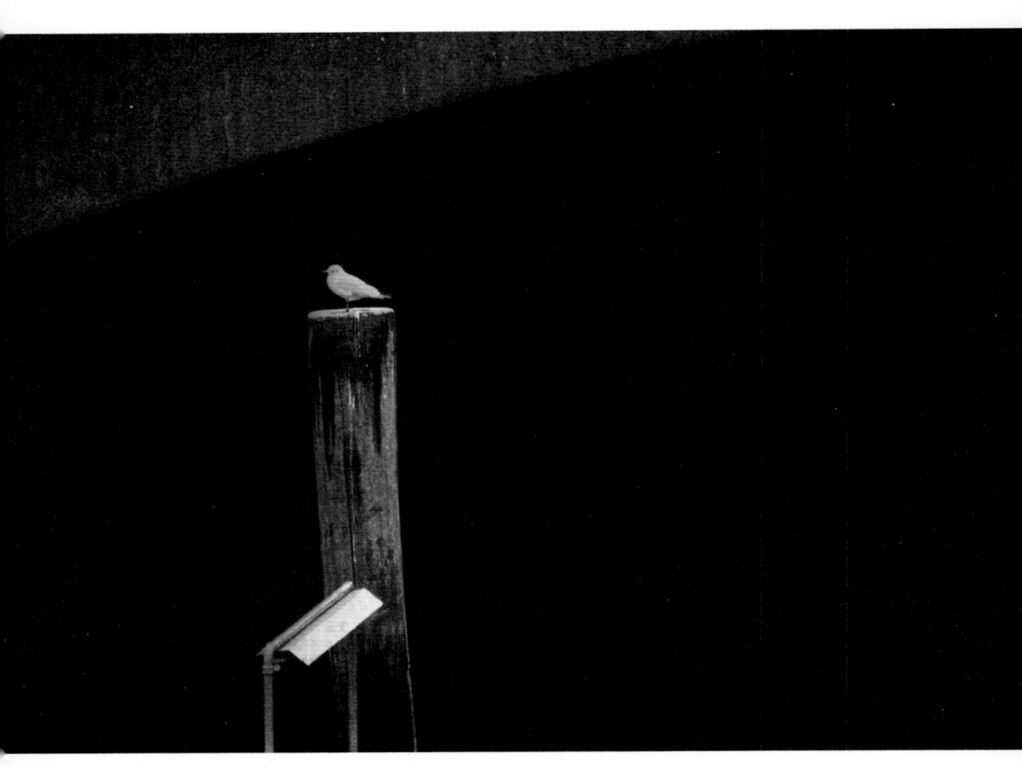

함부르크. 1980

독일 유학 시절에 찍은 스냅사진들. 구도와 명암 대비가 부각된 간결함을 추구하였다.

함부르크 전철역, 1980

처음으로 나만의 이야기를 담기 시작한 〈일 분간의 독백〉 시리즈. 1980-1984

겔프케는 뒤셀도르프까지 다니기에는 거리가 먼 나를 위해 필요할 때 도움을 받으라며 함부르크에 사는 지인을 소개해 주었다. 그의 소개로 알게 된 헝가리 사람 밀란 호라체크Milan Horacek와의 만남은 나를 새로운 인연으로 이끌어 주었다.

한국에 돌아가기 직전, 호라체크는 일본에 자신이 계약을 맺고 작업하고 있는 에이전시가 있으니 귀국하는 길에 도쿄에 들러 보라고 권유했다. 어차피 서울과 함부르크 사이에는 직항 노선이 없어서 당시에는 일본을 경유해야 했다. 1985년, 나는 한국으로 돌아오는 도중 도쿄에 내려 PPS 에이전시에 내 작품을 건네주고 다시 서울행 비행기에 올랐다.

당시 PPS를 운영하던 미국인 사장 로버트 키르셴바움Robert Kirschenbaum은 한국전쟁이 끝난 뒤 한국에 체류했던 경험이 있어서 한국 사진가들을 많이 알고 있었다. 그가 유학을 마치고 막 돌아온 내 사진을 참신하게 봐주었다(훗날 일본에서 내 첫 전시를 열어 준 사람도 키르셴바움이다). 한국에 오자마자 나는 그의 초청으로 다시 일본에 가게 되었다. 세계의 사진가들이 모이는 큰 프로젝트에 나를 한국 대표로 불러 준 것이다.

〈일본의 하루〉는 세계 100명의 사진가가 각기 다른 장소에서 일본의 하루를 카메라에 담는 대형 프로젝트였다. 첫날 호텔에 모인 사진가들은 자신의 포트폴리오를 모두에게 보여 주어야 했다. 불려서 가긴 했지만 아는 사람 하나 없는 그곳에서 나는 주눅 든 모습으로 혼자 서성이고 있었다. 그런데 호텔 로비에서 상영되는 작가들의 사진을 보고 있자니, 차츰 저 정도면 내 사진도 통할 것 같다는 용기가 생겼다. 반응은 성공적이었다.

"네가 미국에 오면 우린 굶어 죽겠다."

한국에서는 아직 알아주는 사람도 없고 앞으로 어떻게 살아야 할지 막막한 상태였는데, 이미 세계를 무대로 활동하고 있는 미국 작가들이 나를 인정해 주었던 것이다. 이 경험은 나에게 커다란 용기를 주었다. "그래, 날 몰라본 사람들은 곧 후회할 것이다"라는 오기가 그 후 4-5년간 나에게 버틸 힘을 주었으니 말이다.

이렇게 모인 100명의 작가들이 일본 전 지역에 흩어져 일본의 하루를 촬영했다. 도쿄와 오사카는 너무 커서 서너 명이 함께 맡았고, 나는 마침 엑스포가 열리고 있던 쓰쿠바를 맡았다. 이 프로젝트는 그 후 미국, 호주, 중국 등으로 몇 년간 더 이어졌다.

이듬해에는 〈미국의 하루〉 프로젝트에도 초청을 받았다. 1986년의 첫 미국행은 젊기에 가능했던 에피소드를 남겼다. 진행하는 측에서 운전면허증이 있냐고 물어보았는데, 없다고 하면 안 불러 줄지 모른다는 불안감에 있다고 답한 것이다. 실제로 면허는 있었지만 워낙에 차를 운전해 본 경험이 없었다. 나는 차 가진 친구를 김포공항 주차장으로 불러내 거기서 한 번 주행 연습을 해보고 출발했다. 그러고 나서 미국의 고속도로를 달렸으니 지금 생각하면 미쳤다고밖에 할 수 없는 일이지만, 그만큼 죽기 살기의 심정이었던 셈이다.

첫 도착지인 덴버에서는 운전할 필요가 없었지만, 내가 촬영해야 할 달라스에서는 공항에 도착하자마자 렌터카 회사에서 차를 픽업해서 그것으로 시내에 들어가야 했다. 우리나라나 독일도 아니고 초행길의 미국 고

위, 가운데 \ 〈일본의 하루〉 촬영 중. 쓰쿠바. 1985
아래 \ 〈일본의 하루〉 촬영 방문 시 일본 사진가 호소에 에이코를 찾아가 사진을 보여 주는 모습

〈미국의 하루〉 촬영 중. 달라스. 1986

속도로를 요즘처럼 내비게이션도 없는 상황에, 어떤 출구로 나가는 것인지만 알고 반은 정신이 나간 상태로 운전해서 가까스로 목적지에 당도할 수 있었다. 다행히 다음날부터는 사진과 학생인 조수가 운전을 했지만 돌아갈 때는 다시 내가 차를 몰아야 했다. 그날 내가 탈 비행기는 나 때문에 30분이 지연되었다. 우리나라처럼 차를 공항에 주차하는 것이 아니라 멀리 떨어져 있는 주차장에 갖다 놓고 거기에서 버스를 타고 가야 했기 때문이다. 땀에 젖어 비행기에 올랐을 때 나를 쳐다보던 사람들의 눈빛이 아직도 잊히지 않는다.

20년 만에 은발의 노인이 된 겔프케를 다시 만났다.

그만큼 고생은 했지만 이 두 번의 행사로 나는 국제적인 감각을 얻을 수 있는 계기를 마련하였다. 큰 행사를 치르면서 고급 호텔방에 묵으며 사진가로 대접 받아 본 첫 경험이기도 했다. 거기에서 알게 된 일본이나 외국 작가들이 나를 평생 도와주었으니, 사람과의 인연이란 삶의 매 순간을 이어 주는 매듭과도 같다 하겠다.

스스로도 미처 발견하지 못한 나의 자질을 발견해 주었던 안드레 겔프케와의 만남은 이렇듯 이후의 사건들에 도미노 효과를 일으켰다. 돌이켜보면 인생이란, 징검다리를 건너듯 하나하나 이어진 사람들과의 만남이라고 나는 생각한다.

1985년. 6년 만에 돌아온 서울에서 나는 또 다른 소외감을 맛보며 다시 방황에 빠져들었지만, 이렇게 얻은 힘이 있었기에 쉬지 않고 사진을 찍으며 나 자신과 싸워 나갈 수 있었다.

04

나와 화해하는 방법

1980년대 중반 유학을 마치고 돌아왔을 때, 서울과 나는 서로에게 낯선 존재였다. 6년 동안 서울의 모습과 분위기는 사뭇 달라져 내가 태어나 자란 곳인데도 생경하기만 했다. 88올림픽을 앞두고 급격히 변화하고 있던 도시에서 나는 또 다른 아웃사이더의 소외감을 맛보며 초조하고 예민해졌다. 낮에는 밖에서 키치적인 서울의 모습을 사진으로 기록하며 낯선 도시와 화해를 시도하였고, 밤에는 셀프 포트레이트를 찍으면서 변화하고 싶은 내면의 욕구를 표현하였다. 아웃사이더의 고독과 현실의 힘겨움을 치유해 줄 방법을 나는 사진 외에는 알지 못했다.

ⓒ《행복이 가득한 집》, 1988년 2월 호, 시티 스튜디오

서울에 돌아와 한동안은 두부 장사가 종을 딸랑거리며 지나가는 것조차 듣기 싫은 시간을 보냈다. 정착할 보금자리를 찾아 한국에 돌아왔건만 서울에서도 여전히 나는 아웃사이더였다. 나에 대한 인정은 모두 외국에서 이루어진 것이었다. 고국이지만 사진계에 선후배 하나 없이 발붙일 곳 없는 서울에서 답답하고 외로운 시간은 계속되었다. 여의도의 낡은 아파트에 세를 얻고 대학의 시간강사 자리를 하나 얻었지만 그 외에는 아무런 경제적 기반이 없었다. 나는 거처하던 아파트 창문에 한지를 붙이고, 방의 벽을 파란색으로 칠하고 등을 돌린 마그리트René Magritte, 1898-1967의 그림을 걸었다. 그 속에서 나 자신과의 싸움을 시작하였다.

1988년 올림픽을 앞둔 서울은 급격히 변화하고 있었다. 골목길 안은 세월의 더께가 내려앉은 삶의 현장이 그대로 남아 있었지만 도시의 외피는 빠른 속도로 서구식으로 포장되기 시작했다. 그런 서울에서 일상에 적응하는 것 자체가 나에게는 큰일이었다.

처음에는 사진가가 차도 없이 다니는 것이 주위에 안쓰럽게 보였던 것 같다. 그래픽 디자이너 안상수 선생이 "구 선생한테는 내가 일을 드리고 싫어도 (차가 없어서) 하기 어려울 거 같아서 못 드리겠다"고 했을 정도였다. 사실 자동차에 관심이 없기도 했거니와 늘어난 차량들로 가득한 거리에서 그들과 경쟁하며 운전할 용기도 없었다. 1988년 포니를 처음 샀을 때도 과연 내가 이 차를 가지고 다닐 수 있을까 싶었다. 하지만 아무래도 촬영을 다닐 때는 이동도 많고 장비도 싣고 다녀야 하니 차가 필요하긴 했다. 에어컨도 없는 가장 싼 차를 사서 한두 해 버티다 나중에 결국 에어컨을 장착하게 되었다.

그렇게 낯선 일상과 경제적인 어려움에 시달리며 이대로 계속 여기 있을 것인가 다시 독일로 돌아갈 것인가 갈등하던 시절, 탈출구는 역시 카메라였다. 나는 마치 이방인처럼 서울에 카메라를 들이댔고, 한편으로는 셀프 포트레이트를 찍으며 소통에 대한 갈증을 해소했다. 낮에 도시를 관찰하며 내 눈에 비친 낯설고 키치Kitsch적인 모습들을 기록하려고 했던 작품들에는 〈긴 오후의 미행〉과 〈시선 1980〉, 그리고 밤에 막연한 나와 싸우며 자신과의 갈등과 화해를 담은 작품에는 〈열두 번의 한숨〉이라는 제목이 붙었다.

〈긴 오후의 미행〉은 사람들이 눈길도 주지 않는 도시의 일상을 무작위적으로 렌즈에 담은 것이다. 나는 컬러와 흑백의 각기 다른 필름을 넣은 두 대의 카메라를 들고 다니며 서울의 모습을 스케치했다. 네 장의 사진들로 엮은 형식은 〈일 분간의 독백〉과 비슷하지만, 전작이 습작이었다면 〈긴 오후의 미행〉은 사진가 구본창의 본격적인 첫걸음이라 할 수 있을 것이다.

〈긴 오후의 미행〉 시리즈, 1985-1990

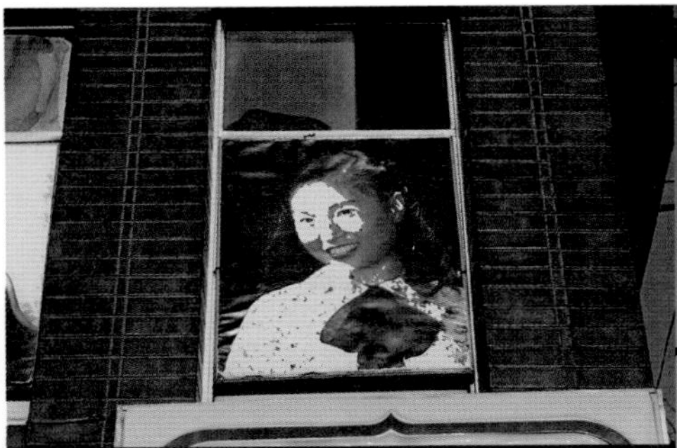

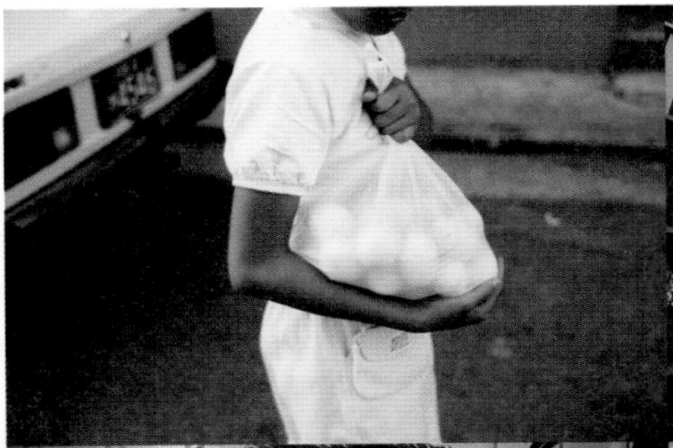

〈시선 1980〉 시리즈. 1985-1990

STADIUM THE WORLD

중앙극장
67
HYUNDAI
동 부
7416
67

6년 만에 마주한 한국의 도시풍경은 낯설고 자극적이었다. 회색 하늘과 중간 톤의 색조가 은은하게 어우러진 유럽과 달리 강렬한 햇살 아래 드러난 한국의 컬러는 원색의 향연이었다. 그 속에서 전통과 현대가 뒤섞여 무질서하고 언밸런스한 풍경을 만들어 냈다. 그리고 도시의 이면에는 소외당한 것들, 곧 사라질 운명에 처한 애처로운 시대적 초상이 공존하고 있었다. 길을 가득 메운 차량과 사람들의 물결, 늦은 밤까지 반짝이는 현란한 네온사인 등 온갖 이미지가 소용돌이치는 거리를 홀로 걸으며 권태롭고 부조리한 삶의 모습을 필름에 새겼다. 그럼으로써 나를 둘러싼 낯선 환경과 그 안에서 실존하는 나를 재인식할 수 있었다. 동시에 우리 눈에 익숙한 것들을 클로즈업하거나 일상의 맥락에서 떨어뜨려 놓고 촬영하여 우리가 늘 바라보던 이미지들을 새로이 환기시키는 방식을 취했다.

예나 지금이나 나는 의미 없이 깨끗하게 단장된 곳보다 사람들의 체취가 깃든 뒷골목 풍경을 좋아한다. 그곳에는 오래된 가족사진과 철 지난 크리스마스트리, 동강난 고등어처럼 그리운 기억을 일깨워 주는 일상의 조각들이 남아 있다. 버려진 태극기와 찌그러진 양재기, 철거되는 건물과 깨어질 듯 위태로운 달걀 등은 외롭고 불안했던 서울에서의 내 삶을 대변해 주는 대상이었다.

〈긴 오후의 미행〉과 〈시선 1980〉은 당시로서는 새로운 기획이었지만 별로 주목 받지는 못했다. 지금은 사진가들이 도시를 다큐멘트하여 우리의 리얼한 삶을 보여 주는 것이 세계적인 흐름이 되었지만, 그때만 해도 사진가가 이런 사진을 찍는다는 인식이 거의 없었다. 1990년대 후반 독일

서울. 1980
그림자가 만들어 낸 프레임 안에 갇혀 있는 소년이 인상적이어서 나도 모르게 촬영하였다.

작가 안드레아스 구르스키Andreas Gursky, 1955-가 도시를 정교하게 찍은 사진들이 유명해졌고, 그 후 피상적이고 형이상학적인 이야기가 아니라 사진으로 우리 삶의 부조리를 적나라하게 보여 주는 것이 유행이 되었다. 그러나 1980년대 후반에는 내가 서울의 부조리와 키치를 주제로 다루었어도 함께 공유할 사람들이 많지 않았다. 이 작품들이 열화당 문고와 『시선 1980』이라는 책으로 나온 것은 한참 후의 일이다.

밤에 집에 혼자 있을 때에는 수많은 셀프 포트레이트를 찍었다. 셀프는 독일에 있을 때부터 학교 과제로도 많이 받았고, 스스로도 즐겨 작업했던 주제이다. 유학 시절 고학생의 생활이 힘겨울 때 그림으로 사진으로 셀프 포트레이트에 열중했다. 서울에 돌아와서 작업한 셀프들은 소극적인 자신을 탈피하여 새로 태어나고 싶었던 바람을 강렬한 퍼포먼스와 다양한 기법을 동원하여 표현한 것들이 주를 이룬다.

옆 페이지의 〈무제〉는 독일에 대한 그리움을 버리고 한국에 적응하고 살아남아야겠다는 의지를 표출하는 작품이다. 출가하여 승려가 될 때 삭발을 하듯이 옛 기억에서 탈피한다는 의미로 삭발 퍼포먼스를 감행했다. 〈기억의 회로〉는 머리카락과 포도 사진을 콜라주한 것이다. 포도의 알갱이들은 역시 내 머릿속에 저장된 기억을 의미한다. 〈탈의기〉는 내가 가지고 있던 틀을 깨고 변하고 싶다는 몸부림이다. 해변가에 뒹굴던 밧줄꾸러미를 주워 와 마치 풀릴 수 없는 업보인양 움켜쥐고 촬영한 자화상 시리즈이다. 촬영된 슬라이드 필름을 날카로운 칼로 흠집을 내어 격렬한 감정

위 \ 〈무제〉. 1988
아래 \ 〈기억의 회로〉 시리즈. 1988

〈탈의기〉 시리즈, 1988

의 순간을 표현하려 하였다. 1988년 워커힐 미술관에서 전시한 작품으로, 내 사진에 '연출사진'이라는 명칭이 붙은 것도 이 무렵부터의 일이다. 사진가가 직접 퍼포먼스를 하면서 촬영한 시도가 없었던 시기였기에, 스트레이트한 보도사진과 살롱 풍의 풍경사진이 주를 이루던 당시의 사진계에서 나의 사진은 상당히 낯선 것이었다.

이 시절의 셀프 가운데 가장 대표적인 작품이 바로 〈열두 번의 한숨〉이다. 1985년에 한마당 화랑에서 전시했던 이 연작은 서울에 돌아와 몹시도 피곤했던 내 마음을 죽음을 연상케 하는 퍼포먼스로 폴라로이드에 담아낸 것이다.

주제와 표현의 쇼킹함으로 사진계 안팎에 강한 인상을 남겼던 이 작품은 새로운 삶에 도전해 볼 용기를 갖지 못했던 시절 나 자신과의 일종의 싸움을 표현한 것이다. 〈열두 번의 한숨〉이라는 제목은 시간성을 강조하기 위해서 시간적 의미를 가진 '12'라는 숫자를 사용한 것이다. 피처럼 보이는 붉은 색은 진짜가 아니라 셀로판지로 표현한 것이고, 마지막 화면에 등장하는 물은 모든 아픔과 방황을 치유할 수 있는 상징물이다.

질식할 것 같은 어두운 심정을 이렇게 다스리지 않았다면 나는 그때 그 힘에 눌려 살아남지 못했을지도 모른다. 가끔 연예인들의 자살 소식을 보면서 얼마나 외롭고 이야기할 사람이 없었으면 저런 선택을 했을까 싶을 때가 있는데, 당시의 내가 그런 심정이었다. 귀국하면서 자동으로 사용불가가 되어 버린 여권, 사진계에 아는 사람이 거의 없어서 느꼈던 외로움, 다시 시작되는 예비군 훈련, 일상에서 요구되는 많은 제약과 규율

들로 숨이 막힐 것 같았다. 이런 작업들로 갈등을 해소했기에 그런 시기를 극복할 수 있었던 것 같다. 사진적인 치유를 통해서 나와의 싸움에서 이길 수 있었다.

이처럼 나 자신을 피사체로 하는 셀프를 찍는 한편 무용가들을 만나 촬영하기 시작한 것도 이 무렵이다. 그들의 몸짓을 통해 현대인의 갈등과 좌절을 담기 시작하였다. 나 자신을 포함하여 인체를 많이 촬영하였기에 주위에서 나르시스적이라는 소리를 듣기도 했지만, 사실 나는 인체의 아름다움만을 추구하기보다는 오히려 영혼에 관심이 많아, 인체를 통해 내면을 드러내는 방법에 더 관심을 가졌다. 그것은 〈태초에〉라는 제목으로 완성되었다.

전시실 벽면을 가득 채우는 대형 사이즈로 제작된 이 연작은 작은 사이즈의 인화지를 암실에서 일일이 재봉하여 만들었다. 어린 시절 섬유업에 종사하셨던 아버지 덕분에 내 주변에는 늘 실과 천이 있었고, 저녁이면 검정 재봉틀을 돌리던 어머니의 기억이 내게 그 형태와 질감을 친근하게 했다. 그런 기억들이 내게 아이디어를 주곤 했다.

1990년, 나는 청담동 서미 갤러리에서 마침내 첫 개인전을 가지게 되었다. 조각가 강은엽 선생이 그곳에서 전시하는 자신의 조각품들을 촬영하기 위해 나를 불렀는데, 화랑 주인이 내 사진을 눈여겨본 것이다. 청담동에 갤러리들이 막 문을 열기 시작하고, 아직 사진을 예술작품으로서 갤러리에 전시한다는 인식이 희박했던 그때에 나는 그곳에서 세 번의 전시를

〈열두 번의 한숨〉 시리즈. 1985

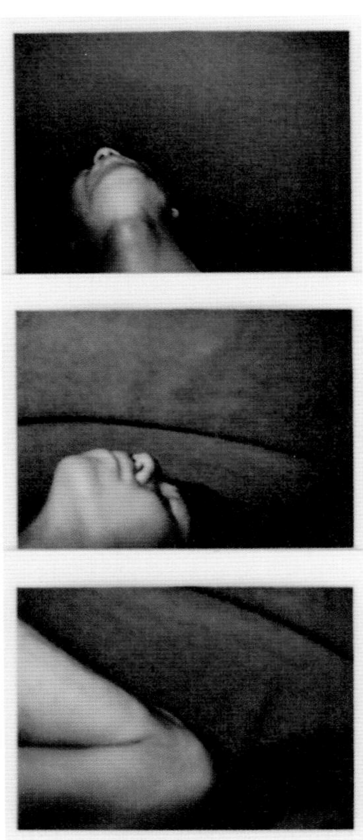

가졌다. 그럴 수 있었던 이유는 내 사진이 완전한 스냅사진이 아니라 회화적인 분위기가 나는 사진이었기 때문일 것이다.

첫 번째 전시인 〈생각의 바다〉에서 나는 포토그램Photogram이라는 기법을 선보였다. 이것은 인화지 위에 대상을 얹어 놓고 노광露光을 주는 기법으로 상당히 그래픽적인 표현이다. 인화지가 아니라 리스필름Lith Film이라는 반투명 필름에 뽑아낸 작품도 있다. 달 속에 있는 하나의 인물을 마치 기호Sign처럼 나타낸 이 작품은, 각각의 자기 세계에 빠져 있는 현대인을 표현한 것이다. 독일에서 작업했던 밥 딜런 풍의 자화상도 크게 인화해서 이때 함께 전시했다. 또 사진전 제목인 〈생각의 바다〉에서 영감을 받아 작곡한 곡을 오프닝 당시에 작곡가인 조인선 교수가 연주하기도 하였다.

〈생각의 바다〉 시리즈. 1990

〈생각의 바다〉 시리즈. 1990

〈생각의 바다〉 전시. 서미 갤러리. 1990

〈빛을 찾아서〉, 1982
유학 시절 집 안에 들어온 빛에 비친 그림자를 촬영하였더니 옆 모습이 밥 딜런의 앨범 사진을 연상시키는 셀프 포트레이트가 되었다.

〈긴 오후의 미행〉부터 〈생각의 바다〉까지, 시기적으로는 1985년부터 1990년까지 그렇게 나는 고국에 다가가고 한 발짝씩 그곳에 나를 각인 시키는 시간을 가졌다. 파격적인 메시지와 형식, 그리고 음울한 감성. 귀국 초기 사진가 구본창의 이미지는 이런 것이었다.

그리고 88올림픽은 나에게 시련과 기회를 동시에 안겨 준 계기였다. 올림픽을 치르기 위해 급변하던 서울의 모습은 나에게 부적응과 외로움을 가져다주었지만, 올림픽 이후 불어온 문화의 바람은 사진가들에게 많은 일거리를 몰고 왔기 때문이다. 그렇게 1990년대가 시작되었고, 나는 방황을 털고 일어나 본격적으로 나의 사진을 찍기 시작했다.

05

운명 속의 존재들

어린 시절, 잊지 못할 경험을 한 적이 있다. 어느 날 제사를 준비하던 어머니가 부엌에서 나를 부르더니 밥솥 뚜껑을 열어 하얀 쌀밥 위에 새겨진 촘촘한 발자국들을 보여 주었다. 마치 한 마리의 작은 새가 똑바로 걸어간 듯한 모양이었다. 어머니가 설명하기를, 오늘은 할아버지의 기일이고 새 발자국이 보이는 것은 할아버지가 돌아가신 후 새로 변했다는 것을 나타낸다고 하였다. 내 안에서 영혼과 생명체에 대한 각별한 애정과 사랑이 싹튼 것은 그때였던 것 같다.

사진을 찍기 시작한 초기에 나는 주로 나 자신의 감성과 의식을 표현하는 데 집착해 왔다. 대부분 고독하고 외로운 이미지들이었다. 그런데 말을 할 수 없는 작은 새와 나비 그리고 한 그루 나무에서도 그 비슷한 유대감을 느꼈다. 그들도 파괴되어 가는 자신의 생존권을 지킬 수가 없기에 애처로워 보였다. 그런 외로운 생명체의 감성을 표현하려 한 것이 바로 〈굿바이 파라다이스〉라는 작품이다.

1992년경 신문을 넘기다 나비박사 석주명石宙明, 1908-1950에 관한 기사를 읽었다. 75만 마리 이상이나 되는 나비를 채집하며 평생 한국의 나비 연구에 열정을 기울이던 석주명 박사는 6.25 전쟁 중에 세상을 떠났는데, 누이동생 석주선 씨가 오빠의 연구논문을 40년 만에 책으로 펴냈다는 소식이었다. 그런데 기사 속의 한 이야기가 내게 충격을 주었다. 모진 피난길에서 그가 수천 점의 나비 표본을 불태울 수밖에 없었다는 이야기였다. 활활 타는 수많은 나비 표본의 모습이 한동안 머릿속에서 떠나지 않았다. 한때는 얇은 날개를 움직여 날아다니다가 채집되고 표본이 되어 끝내 불 속에서 재가 되고 말았을 나비들. 나는 그들의 영혼을 사진에 담고 싶었다.

또한 박물관의 전시품이 되어 진열돼 있는 다른 박제 동물들의 영혼도

〈굿바이 파라다이스〉 연작은 두 가지 작업으로 진행되었다.
하나는 곤충을 찍어 한지에 인화한 뒤 상자 안에 핀으로 고정한 것이다.
자연사박물관에서 쓰는 것과 동일한 상자를 제작하였다.
다른 하나는 인쇄물을 인화지 위에 놓고 만든 포토그램 시리즈이다.
동물 이미지가 그려진 19세기 화첩에 빛을 비추자 뒷면의 이미지가 어렴풋이
비치며 의도치 않은 효과가 더해졌다. 푸른 색감은 밤하늘의 영혼을 상징하고,
대비되는 붉은 점은 동물들의 불안을 표현한 것이다.

왼쪽 \ 〈굿바이 파라다이스〉 Box 시리즈. 1993
위 \ 〈굿바이 파라다이스〉 Blue 시리즈. 1993

위로해 주고 싶었다. 어른이 된 지금도 나는 자연사박물관에 들어서면 박제된 수많은 동물들이 전하는 소리 없는 속삭임이 들리는 듯하다. 방문객이 뜸한 자연사박물관에 들어설 때면 숨겨지고 감춰진 소리들이 내 가슴을 치고 있음을 느낀다. 유년시절 뙤약볕 아래에 앉아 나뭇가지 위에서 날갯짓하는 나비와 잠자리를 멀뚱히 바라보며 한나절을 보내곤 했던 것처럼, 나는 그곳에 가면 가만히 서서 박제된 곤충과 동물들의 조용한 숨소리를 들어 보려 노력한다. 박제가 되기까지의 그들의 기구한 삶과 아직도 어딘가에 떠돌아다니고 있을 그들의 혼이 나를 붙잡아, 박물관의 문을 닫을 때까지 나는 그들에게서 발길을 뗄 수가 없다.

〈굿바이 파라다이스〉 전시. 서미 갤러리. 1993

〈굿바이 파라다이스〉는 한때 생명을 품었던 것들이 낙원에 안녕을 고하면서 역설적으로 삶 너머의 진짜 낙원에 도달하기를 바라는 마음을 담아 작업한 것이다. 쉽게 눈에 띄지 않는 것들, 들리지 않는 낮은 소리로 이야기를 건네는 것들 그리고 생명을 들고 나는 숨. 그런 찰나의 대상물을 촬영할 때 내가 느끼는 교감은 일정량의 에너지로 필름에 스며든다고 나는 믿는다. 만약 어떤 사진을 보고 감동을 느꼈다면, 안에 담긴 대상에서 비롯해 필름 속으로 숨어든 에너지가 인화지에 혹은 책에도 조금씩 묻어나기 때문일 것이다.

인간에 대해서도 마찬가지다. 나는 자기 의도와 상관없이 어떤 운명에 처한 존재들에 끌린다. 거미줄에 매달린 듯 갈팡질팡하는 인간의 방황과 좌절에 감응한다.

"인생이란 각자 자신의 카펫을 짜는 일과 같다. 비록 그것이 완성되지 못하더라도……."

어렸을 적 서머싯 몸Somerset Maugham, 1874-1965의 『인간의 굴레』에서 읽은 이 짧은 구절은 나의 청소년기에 적지 않은 영향을 미쳤다. 절망하고 좌절하는 것이 나 혼자만이 아니라는 자각을 얻었고 그에 위로 받았다.

우리의 의지와는 상관없이 태어나게 된 이 세상에서 나름대로 각자의 인생이라는 카펫을 짜나가는 것이 예측할 수 없는 미래를 향해 나아가기 위해 우리가 할 수 있는 유일한 일이다. 그러나 삶에는 예기치 않은 일들이 얼마나 많이 끼어드는가. 살면서 우리는 얼마나 많은 선택을 해야 하는

〈태초에〉 시리즈, 1995~1996

〈태초에〉 시리즈. 1998

〈태초에〉 시리즈. 1994

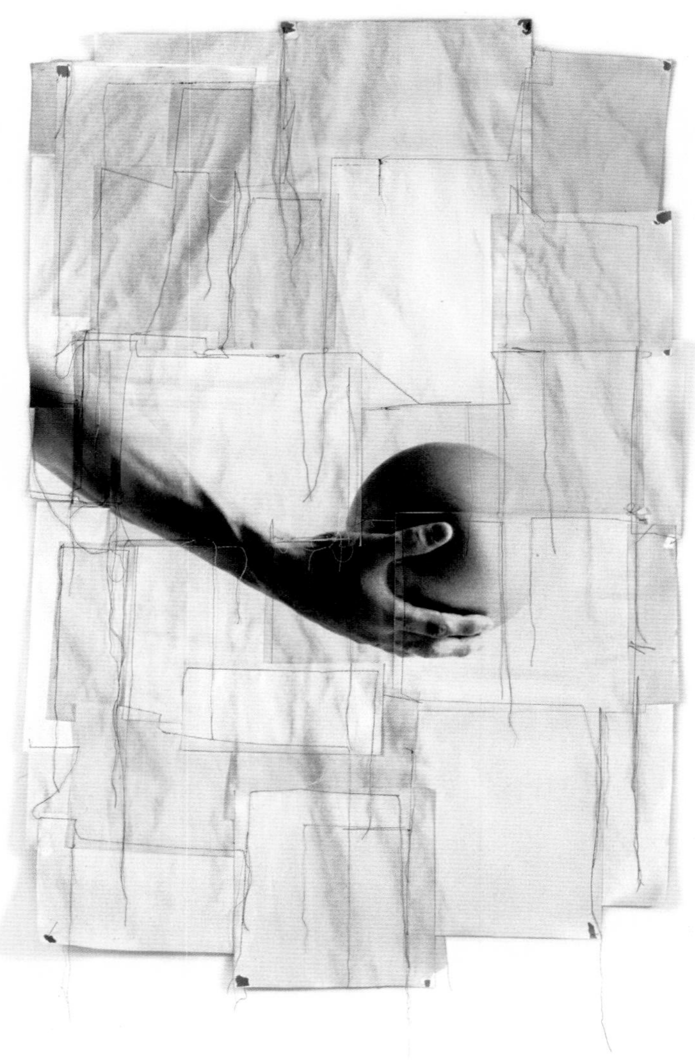

〈태초에〉 시리즈. 1991

〈태초에〉 시리즈. 2002

가. 일상에서 스치는 우연한 일들은 미래의 운명을 결정짓는 중요한 사건이 되기도 한다. 〈태초에〉는 그러한 상황에 처한 인간의 불안정한 모습을 표현하려 했던 작품이다. 나 자신이기도 하고 타인이기도 한 사진 속의 주인공은 삶의 굴레에 고민하며 마치 서커스단의 곡예사처럼 곡예를 한다.

사진 작업 초기에는 주로 셀프 포트레이트를 찍었던 내가 타인의 신체를 피사체로 삼았던 이유는, 나 자신만의 이야기가 아닌 보편적인 인간의 이야기를 하고 싶었기 때문이다. 레오나르도 다빈치가 인물을 그릴 때 골격을 먼저 그렸던 것처럼, 내 사진 역시 표면에 나타난 것은 신체이지만 내가 보여 주고 싶었던 것은 그들의 신체와 몸짓을 통해 인간의 내면을 드러내는 것이었다. 굽히고, 뻗고, 늘어뜨리고, 쥐어짜면서 긴장과 이완 사이를 오가는 몸짓은 우리가 삶에서 겪는 욕구와 좌절의 경험들이다.

한 장이 아닌 겹겹이 쌓인 인화지는 삶의 무게를 암시한다. 재봉 선은 사진의 이미지 위에 상처를 남기기도 하고 연결하기도 한다. 인화지를 연결할 때 실을 사용한 이유는 사진을 크게 만들기 위한 물리적인 이유도 있지만 우리나라의 전통 보자기가 갖고 있는 오랜 세월의 흔적을 재현하기 위함이기도 하다. 끊어질 듯 이어지는 실은 끊임없는 생명력과 인연을 내 자신에게 연상시키기도 했다.

〈태초에〉는 셀프의 변형이기도 하며, 〈굿바이 파라다이스〉와 소재적으로는 다르지만 핀에 찔린 곤충이나 나비와 무관하지도 않다. 내 자신이나 인체에 관한 작업은 꾸준히 관심을 가지고 있는 주제이기 때문에 〈태초에〉 시리즈는 여전히 진행형이다. 풍경도 인체도 어느 한 작품으로 완결

된 것이 아니라 석순처럼 지금도 계속 자라나고 있다.

이렇듯 나는 운명에 휘둘리는 생명체의 고난에 연민하고 감동 받는다. 내 작업 밑바닥에는 그들의 목소리를 귀담아 들어 주고 싶다는 욕구가 언제나 깔려 있다. 앞의 두 시리즈에 이어 사멸될 수밖에 없는 운명을 지닌 모든 것을 기리며 촬영한 시리즈가 바로 〈숨〉이다.

1995년 봄, 병상에 누운 아버지의 몸은 시시각각 여위어 갔다. 근육은 눈에 띄게 줄어들고 메마른 피부는 탄력을 잃었다. 아버지의 육신이 마른 식물처럼 시드는 사이 아버지가 우리를 알아보지 못하는 시간도 길어졌다. 눈도 뜨지 못한 채 가느다란 숨만을 가까스로 내쉬는 아버지를 지켜보면서, 아버지의 몸에서 수분이 빠져나가듯이 육신에서 영혼이 빠져나간다는 느낌이 들었다.

나는 아직 몸에 남아 있는 숨, 생명의 그 안간힘을 기록하고 싶었다. 생과 사의 갈림길에 있는 아버지에게 카메라를 들이대는 것은 아들의 도리가 아니었겠지만 나는 엄습하는 죽음 앞에서 고통을 겪는 아버지의 모습이 결코 추하다고 생각되지 않았다. 힘겨워하는 아버지의 모습은 죽음 앞에 선 모든 인간의 모습을 대변한다고 여겼기에 촬영하였다. 후에 전시를 하게 되자 가족들의 반대가 있긴 했지만…….

나를 세상에 있게 한 아버지의 죽음은 '존재'에 대해 생각하게 만들었다. 그전까지는 관념의 영역에 있던 죽음이 아버지의 임종을 계기로 내 안에 실체가 되어 스며들었다. 생명이 붙어 있지만 사멸할 수밖에 없는 운명

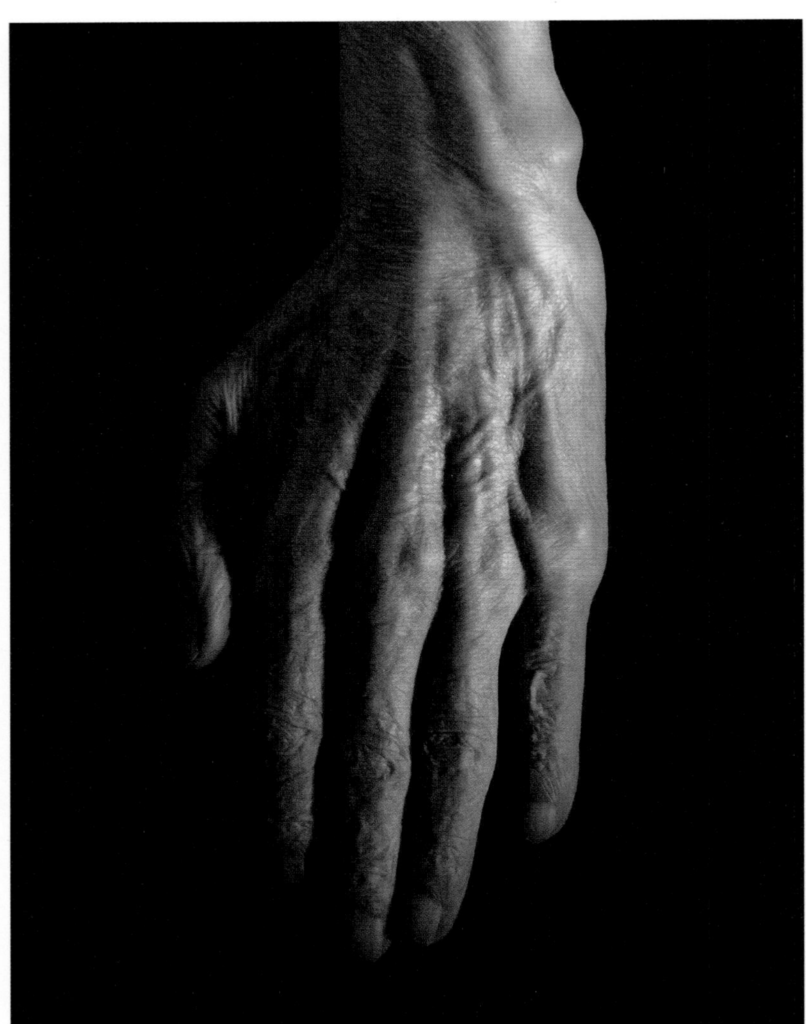

〈숨〉 시리즈. 1995

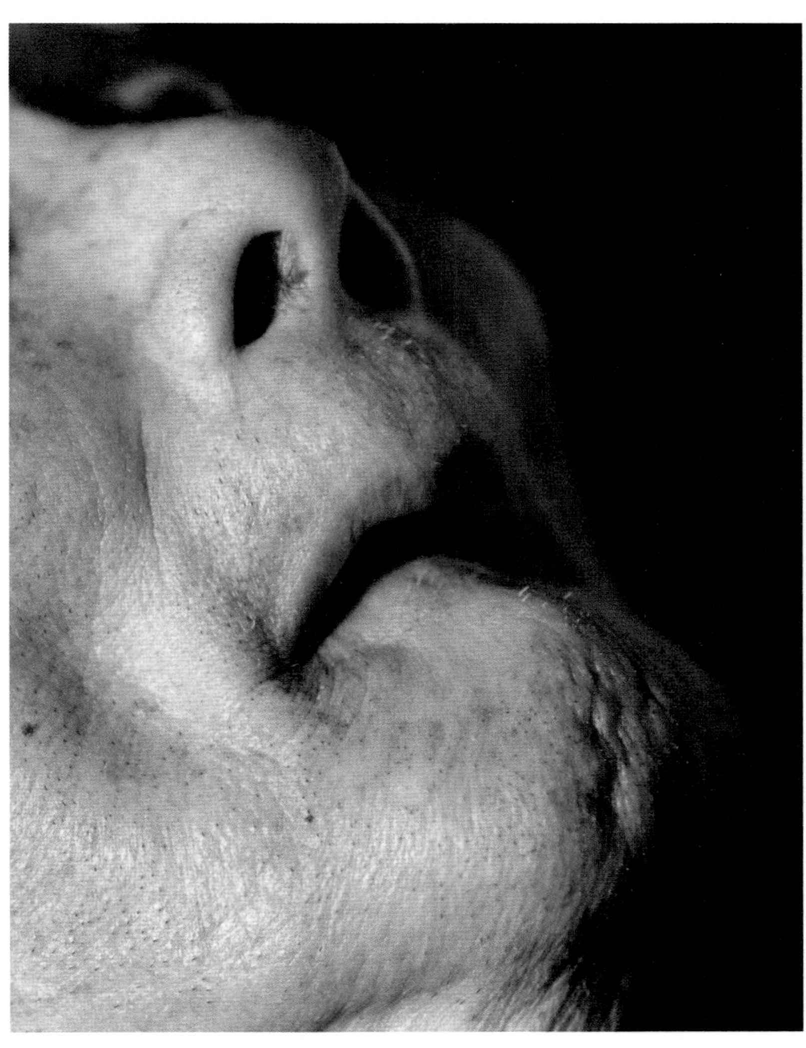

〈숨〉 시리즈. 1995

ⓒ 권순평

〈굿바이 파라다이스〉 전시를 준비하던 모습. 1993

을 품은 존재들의 숨소리가 도처에서 느껴졌다. 죽음이 임박하거나 유예된 죽음 앞에서 가냘프게 숨을 내쉬는 존재들이 눈에 들어왔다.

아버지의 죽음과 〈숨〉 연작은 나에게는 일종의 터닝포인트였다. 〈생각의 바다〉와 〈태초에〉 전시를 거치며 방황을 벗어나 작가답게 작품을 하기 시작한 것이 〈굿바이 파라다이스〉였고, 그것은 〈숨〉으로 연결되었다. 이 작품부터 나는 자의식에 침잠하고 몰두했던 경향에서 벗어나 나라는 존재로부터 일정한 거리 두기를 시도하게 되었다. 자신을 알려고 애쓰던 낙담하고 소외된 젊은이의 초상을 넘어 나를 포함한 모든 생명체와 대상들로 관심과 시야를 넓히게 된 것이다. 육친의 죽음을 겪으면서 역설적이게도, 한 존재에 국한되었던 관심이 세상의 모든 존재로 확장되고 있었다.

06

슬로우 토크

바다 표면을 뚫어지게 응시해 본 적이 있다.
그 표면이 마치 얇은 천으로 덮여 있는 어떤 거대한 생명체가
가득 들어찬 액체를 부풀려 숨을 쉬고 있는 것처럼 느껴져
소스라치게 놀란 기억이 있다. 바람의 힘에 의에 생겨난 다양한
물결의 움직임은 마음의 거울처럼 깊은 심연을 나타내기도 하고
가벼운 기운을 느끼게도 해준다.
가끔은 사진을 찍도록 나를 붙잡는 힘이 숙명처럼 느껴질 때가
있다. 그것은 자연이라는 크나큰 몸뚱어리를 더듬어 어느 곳에선가
맥박을 감지했을 때의 기분이다. 생명의 맥박 소리, 이런 장면들은
분명 아무에게나 자신을 드러내 보이지 않으리라.

일본 교토에 도지東寺라는 헤이안 시대의 절이 있다. 여행 도중 그곳에 들렀을 때 고요한 경내를 거닐다가 문득 시선이 멈춘 대웅전 외벽에서 하나의 그림과 마주쳤다. 오랜 풍상을 겪은 벽에 내려앉은 미세한 먼지들. 회벽의 표면이 일정치 않아 우툴두툴한 부분에 먼지가 쌓이면서 만들어 낸 구름 같은 무늬들은 어찌 보면 미켈란젤로가 그린 벽화의 배경 같은 느낌을 주었다. "이 세상이란 먼지가 모여 이루어진다"라는 인도의 어느 글귀를 떠올리며 먼지가 앉은 벽을 향해 카메라를 들었다. 거의 보이지도 않는 먼지 자국 속에는 세월의 무게가 얹힌 이야기들이 얼마나 많이 축적되어 있을 것인가. 그 이야기에 〈시간의 그림〉이라는 제목을 붙였다.

아버지를 떠나보낸 후 한동안, 나는 탈진한 듯 막연한 시간을 보냈다. 박제된 생명체와 운명적 존재라는 테마에 오랫동안 경도되어 있었던 나에게 아버지의 임종으로 직면한 '실체로서의 죽음'은 강한 여파를 남겼다. 의식의 밑바닥까지 잠식해 온 공허와 무기력을 떨쳐 버리는 데에는 시간이 필요했다. 그 침체된 시간 동안 나는 여행을 떠났다. 교토에서 〈시간의 그림〉을 만난 것은 이 무렵의 일이다.

〈시간의 그림〉 시리즈. 1998

프랑스 파리 생 폴 근처의 벽을 촬영하는 모습. 2003

이전까지 내가 찍어 왔던 사진들은 시각적으로 강렬한 인상을 주는 것들이 많았다. 퍼포먼스와 다큐멘터리 작업들, 〈굿바이 파라다이스〉나 〈태초에〉 시리즈에서 볼 수 있는 핀에 찔린 나비와 거대하고 역동적인 신체 등은 파격적이고 시선을 주는 것만으로도 대상이 눈에 확 들어오는 사진들이다. 그러나 차츰 나 자신으로부터 한 걸음 물러나 거리를 두고 사물을 바라보기 시작하면서 렌즈에 들어오는 시야는 더 넓어졌고 내 안의 풍경은 정적靜的으로 변해 갔다. 세상에 대해서도 보다 관조적인 태도를 취하게 되었다. 무언가를 '보여 준다'는 강박관념에서 벗어나면서 굳이 대상에 집착하지 않고도 많은 이야기를 할 수 있음을 알게 되었다. 시선 자체도 보다 조용하고 드러나지 않는 것들로 옮겨 갔다.

이러한 변화로 인해 내가 갑자기 다른 이야기를 하게 되었다는 뜻은 아니다. 사라져 가는 운명적 대상에 대한 탐구는 계속되었고, 〈시간의 그림〉 역시 그 연장선상에 있는 작품이다. 다만 강렬한 이미지 대신 나의 시선이 자연의 원소들이라는 보다 근원적인 대상으로 옮겨 갔고, 나의 사진에도 여백이 생기기 시작했다는 의미이다.

작가들 가운데는 계속 주제를 옮겨 가면서도 그 안에 일정한 이야기와 분위기를 꾸준히 담아 가는 사람들이 있다. 예를 들면 일본 작가 스기모토 히로시杉本博司, 1948-에게도 비슷한 동질감을 느꼈다. 그 역시 바다, 건축물, 텅 빈 극장, 그리고 밀랍인형 등 다양한 주제를 택하여 작업을 하고 있지만 어떤 주제를 택하더라도 그의 작품 속에는 항상 그만의 정적이고 영적인 분위기가 담겨 있다.

〈오션〉, 〈리버 런〉, 〈스노우〉, 〈화이트〉 연작들은 조용하지만 우리 주변을 강인한 생명력으로 메우고 있는 자연의 맥박을 더듬어 간 과정이다. 무한한 움직임을 반복하는 바다, 하얗게 세상을 덮었다가 어느 순간 사라지는 눈, 그 아래서 말라붙어 죽은 듯 보이지만 봄을 기다리는 풀잎들. 생명의 순환과 재생의 과정은 소리 없는 치열함과 아름다움을 담고 있었고, 그런 자연의 모습을 따라 나도 담담하게 그 모습을 카메라에 담았다.

〈오션〉 시리즈는 바다의 표면만을 촬영한 것이다. 수평선이 드러나지 않도록 프레임을 의도적으로 물결 자체에 고정시켰고, 그럼으로써 오히려 무한대의 공간감이 살아났다. 바람의 방향과 일조량, 그리고 바다의 깊이에 따라 물결의 무늬는 다르게 나타난다. 가볍게 일렁이는 물결은 사진의 디테일이자 모든 것이라고 할 수 있다. 사진에 보이는 것은 물결의 단순한 조형적 형태이지만, 이 다양한 표면의 형태가 보는 사람을 깊은 심연까지 끌고 들어갈 수 있기를 기대했다. 나는 바다를 바라보면서 쉼 없이 몸을 뒤척이는 생명체를 상상했고 힘차게 박동하는 심장 소리를 들었다. 〈오션〉 연작은 생명의 중심으로부터 흘러넘치는 힘의 무늬에 한발 다가서려는 시도였다.

반면 강물은 바다와 달리 흘러가는 것의 원형을 보여 준다. 그 흐름은 곧 살아 있음을 증명하는 움직임이기도 하다. 고대 그리스 철학자 탈레스는 변화하는 자연 속에서 존재의 근원을 찾았으며, 그에게 물은 자연을 대표하는 것이었다. 물은 흐르는 것이 본성이며 모난 것을 만나든 둥근 것을

〈오션〉 시리즈. 2002

〈리버 런〉 시리즈. 1998

만나든 그 형태를 감싸 안는다. 고정된 형체가 없는 물은 고정된 모든 것을 포용한다. 〈리버 런〉 시리즈의 실체는 강이 아닌 바다이지만 제임스 조이스James Joyce, 1882-1941의 작품 『피네간의 경야Finnegans Wake』의 첫 문장에 나오는 'riverrun'이라는 단어가 마음에 들어 제목으로 사용하였다.

〈화이트〉는 겨울에 앙상하게 줄기만 남은 담쟁이 넝쿨들의 초상이다. 겨울이 되어 잎이 떨어지고 말라비틀어진 채 담벼락에 붙어 있는 줄기들은 생명의 흔적과 시간의 흐름을 느끼게 한다. 겨울 동안 거무튀튀하게 시들어 죽은 것처럼 보이지만 봄이 오면 줄기에 물이 올라 연둣빛 잎사귀를 밀어낼 것을 우리는 알고 있다. 나는 그런 담쟁이의 모습에서 불현듯 『식물성의 저항』이라는 이인성 작가의 산문집 제목을 떠올렸다. 제목의 뜻은 디지털 시대에 문학의 설 자리를 묻는 것이지만, 담쟁이에게 '저항'은 비유가 아닌 실존의 표현일 것이다. 하얀 바탕에 흩뿌려진 점과 선들은 동양화 같은 아름다움을 가진 동시에, 마치 인체 속 실핏줄과 신경조직의 마지막 세포 단위 혹은 무한한 우주 공간의 별들 같은 새로운 이야기를 보여 주었다.

〈자연의 연필〉 시리즈, 2000

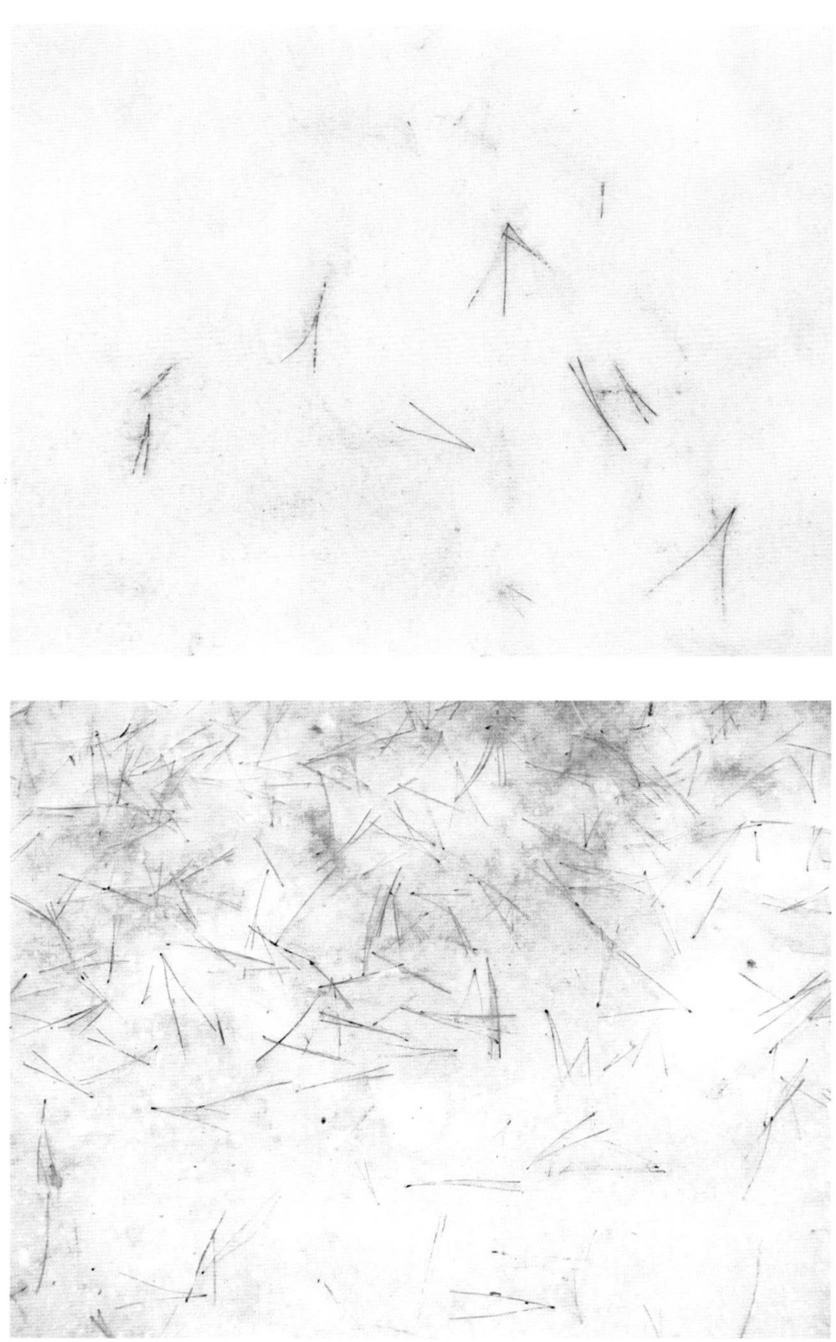

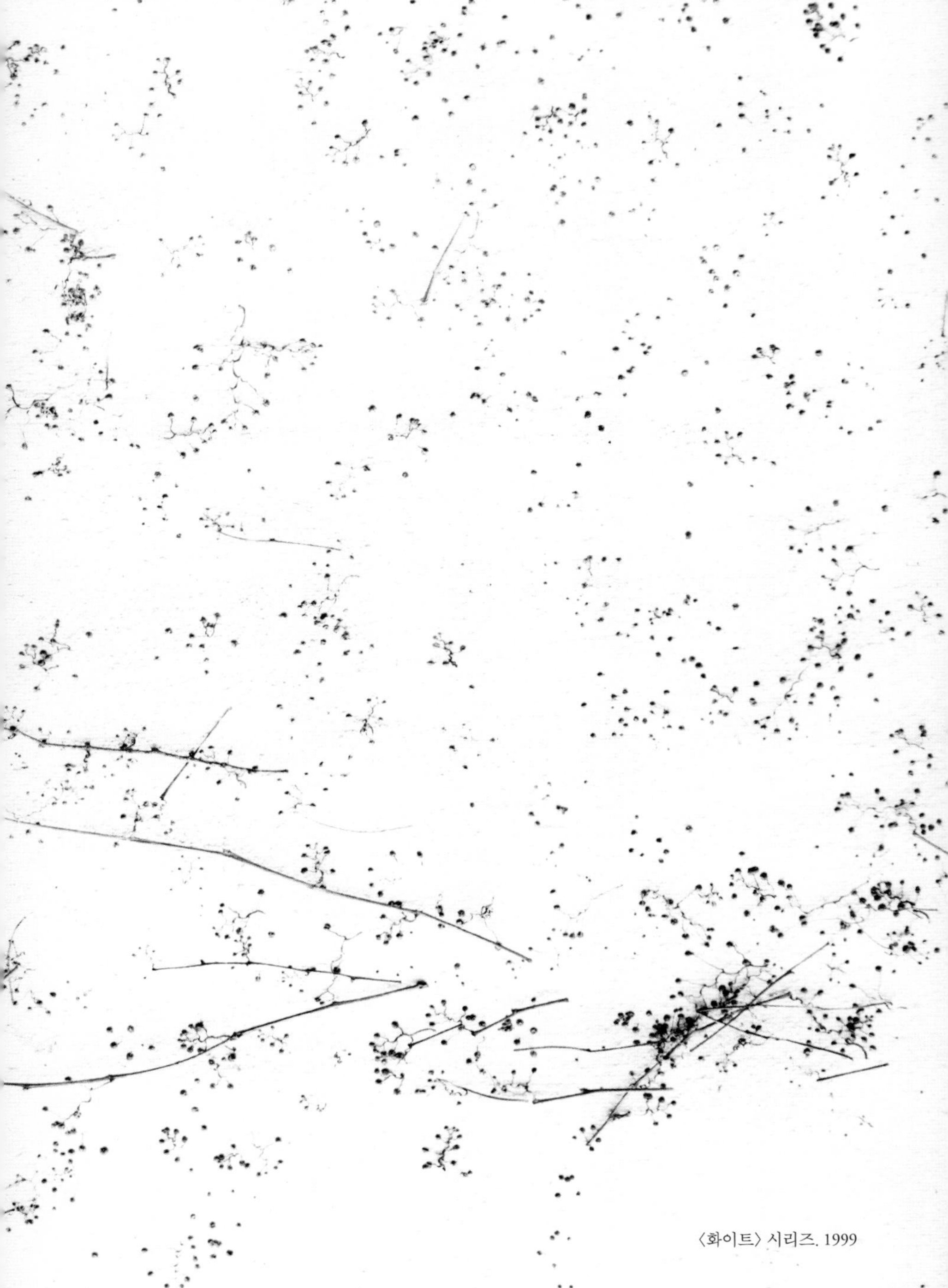
〈화이트〉 시리즈. 1999

〈스노우〉 시리즈, 2011

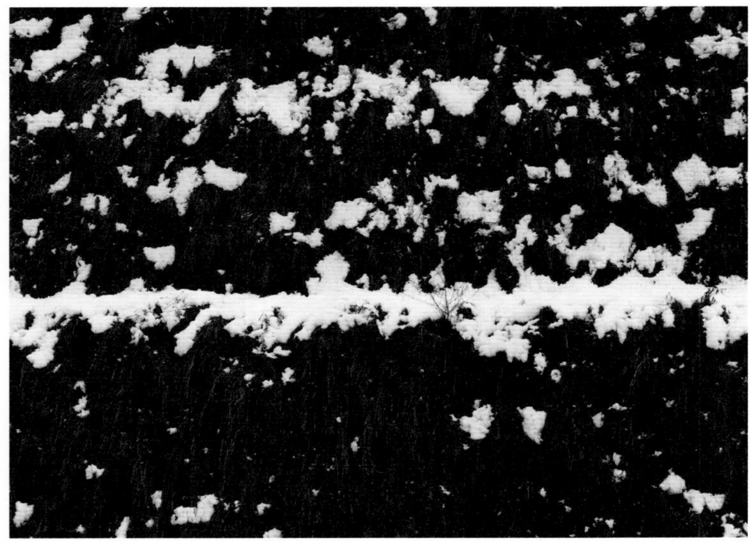

〈스노우〉 시리즈. 2001

〈스노우〉는 컬러 사진이지만 흑백 톤으로 보이는 추상적인 형태들이 눈발의 흩날리는 점들과 어우러져 마치 수묵화의 농담濃淡처럼 우리를 현실이 아닌 새로운 풍경으로 안내한다. 익숙한 제주도의 화산암들이 전혀 다른 새로운 형상으로 다가온다. 올레길 옆의 작은 풍경이 어느 순간 마치 하늘에서 바라본 원대한 땅의 풍경처럼 낯설게 보인다. 때마침 내리던 눈이 있기에 가능했던 행운의 사진이다.

존재했던 모든 생명체는 부패하고 사라지고 재생되고 순환한다. 그리고 그 시간과 삶이 지나간 자리에는 상처와 흔적이 남는다. 나는 이 자국들을 더듬어 의미를 찾아내고 싶었다. 단순한 풍경으로서의 자연이 아니라 그 너머에 존재하는 우주와 생명의 흔적을 발견하고 싶었다. 사진이란 원래 피사체를 드러내 보이는 것이지만 나는 시각적으로 보이는 것을 최소화하면서 렌즈 너머로 펼쳐진 화폭 안에 시적인 함축을 담으려 했다. 생명의 숨소리가 들리는 순간들에 인위적인 파격을 가하지 않고 스트레이트하게 찍었지만 오히려 추상에 가까워진 단순화된 이미지 속에는 보다 깊은 공간과 많은 이야기와 흔적들이 담겨 있었다.

07

목적이 있는 것과 없는 것

예술가에게 예술적 성취와 상업적 성공이란 아마도 죽을 때까지 안고 가야 할 딜레마일 것이다. 사진가도 그렇다. 현실적인 목적을 위해 찍는 상업사진과 나를 위해 찍는 순수사진 사이에서 갈등이 없을 수 없다. 그러나 나는 상업사진을 무시하거나 차별을 두지 않는다. 어떤 목적을 위해 찍었건 진정성을 가진 사진은 그만한 가치가 있다고 생각한다.

ⓒ《보그》, 2002년 12월 호

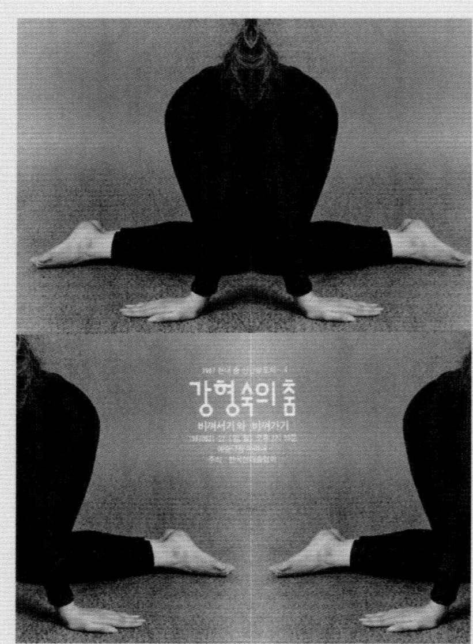

ⓒ 사진 구본창. 포스터 디자인 안상수

젊은 사진가들 가운데 작가로서 작품도 하고 싶고 돈도 벌고 싶지만 다른 사람을 위해 일할 준비는 되어 있지 않아 방황하는 이들을 종종 본다. 젊은 시절에 내가 고민했듯이 유학에서 돌아왔다 끝내 현실과 타협하지 못하고 다시 떠나는 경우도 있다. 그러나 내가 하고 싶은 일을 하기 위해서는 남을 위해서도 최선을 다해야 한다는 것이 나의 생각이다. 세상은 아무런 대가 없이 "네가 하고 싶은 일을 하라"고 말하지 않기 때문이다. 나 역시 1985년부터 개인 작업을 하는 한편 공연과 영화 포스터, 잡지 표지 등 상업 인쇄물 작업을 병행해 왔다. 90년대 말쯤 되어서야 경제적 어려움 없이 개인 작업에 몰두할 수 있게 되었다.

그러나 나는 애초에 '상업'과 '예술'이라는 이분법에 신경 써본 적이 없다. 부모님에게 물려받은 개성상인의 피 때문인지 그저 '어떤 일이든 상대를 존중하고 합리적으로 생각하는 것'을 기본으로 알고 살아왔다. 상업 사진 작업을 맡으면 클라이언트의 입장에서 생각하고 최선을 다한다. 어느 쪽이든 한 번 나를 찾아 준 사람을 실망시키지 않는 것. 내가 생각하는 자존심이란 이런 것이다.

유학을 마치고 돌아온 후 작품 활동을 꾸준히 계속했지만 당시 나를 알

1988년, 올림픽 공식엽서의 인쇄물 담당자에게 패키지 디자인을 의뢰받고 〈한국의 담〉과 〈한국의 멋〉 두 세트로 구성된 올림픽 엽서를 만들었다. 작업을 진행하던 인쇄소에서 워커힐 미술관의 기획자를 만나, 그 인연으로 〈사진 새시좌전〉의 전시 기획을 하게 되었다.

\

1980년대 중반에 우리나라에서 사진가로 돈을 벌기는 어려운 일이었다. 지인이 이태원에 문을 여는 디스코텍의 디자인을 의뢰하여 인테리어와 로고를 디자인해 주고, '애프터 다크'라는 이름도 지어 주었다. 그때 목돈으로 2백만 원을 받았다. 하나의 작업에 백만 원이 넘는 돈을 받은 것은 그때가 처음이었다.

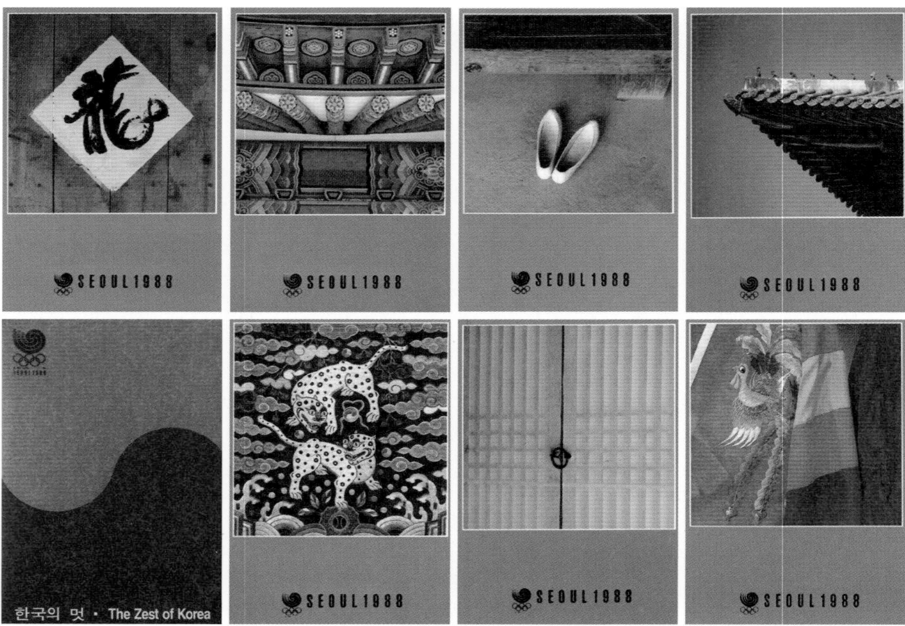

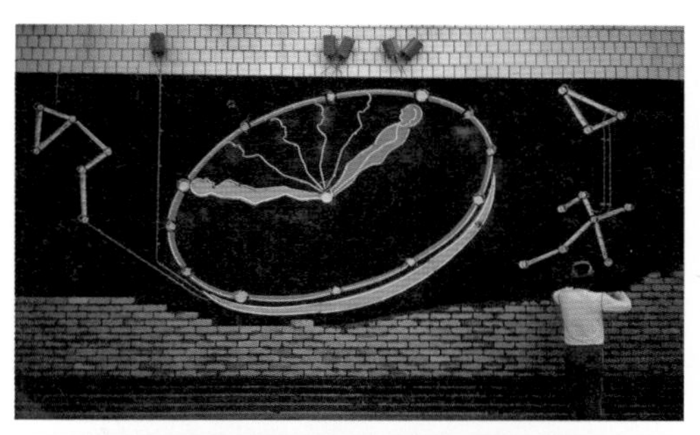

왼쪽 \ 직접 촬영하고 디자인한 올림픽 공식 엽서. 1988
위 \ 이태원 디스코텍 '애프터 다크'의 외벽 디자인

아주는 사람은 거의 없었다. 생계를 위해서도 부수적인 작업은 필수적이었다. 하지만 실상 이 두 가지는 나에게 오히려 시너지 효과를 일으켜 주었다. 내 것만 하다 보면 아이디어가 고갈되거나 지루해질 때도 있는데 다른 일과 병행하게 되면 새로운 영감이 떠오르기도 한다. 그때 그것을 모두 내 것으로 소화하면 된다. 대중에게 가까이 접근하는 상업사진은 분명 그 작업만의 매력을 가지고 있다. 요즘은 예술사진과 상업사진의 경계가 점차 허물어지고, 작가와 기업 간의 콜라보레이션도 자연스러운 일이 되어 가고 있다. 앞으로는 그런 추세가 더 일반화될 것이라 짐작된다.

내가 찍어 온 상업사진들은 무척 다양하지만 가장 대표적인 분야는 아무래도 영화와 패션사진이다. 두 분야 모두 '인물사진'이라는 점이 공통된 특징이다. 일반적으로 상업적인 목적의 인물사진에는 광고하려는 제품이나 영화의 메시지를 부각시켜야 한다는 점에서 개인 작업과 차이가 있다. 나는 인물사진을 촬영할 때에도 개인적인 작업을 할 때의 진지한 태도를 그대로 유지하려고 한다. 그렇기 때문에 상업적인 목적이든 개인적인 작업이든 모두 '구본창의 사진'이다.

인물사진이란 그 인물과 사진가의 교감이 일어나는 순간을 포착하는 것이므로 사진가의 성격이나 취향에 따라 인물을 어떤 상황에서 어떤 모습으로 읽고 싶어 하는가가 그 인물사진의 주된 특징이 될 것이다. 내가 다른 사람의 얼굴에 끌리는 순간은 어떤 상처나 슬픔 같은 정서가 드러날 때, 즉 '사연이 있는 얼굴'을 발견하는 순간이다. 구한말 조선에 사진술이 처음 들어왔을 때 사진은 영혼을 빼앗는 것이라며 사람들이 두려움을 가졌던 것처럼, 내가 민감하게 반응하는 어떤 모습이 유난히 눈이 띌 때마다 사진으로 누군가의 영혼을 훔치고 있다는 느낌을 받곤 했다. 그것은 내가 억지로 유인해 낸 것이 아니라 내가 그런 모양의 그물망을 가지고 있다 보니 그런 모습만 걸러지기 때문일 것이다.

1988년부터 '논노', '에스콰이어'라는 두 개의 패션 브랜드와 10년이 넘게 작업을 계속했다. 처음에 중앙대 김영수 교수가 인물이 들어간 구두 촬영을 해보지 않겠느냐고 나를 에스콰이어에 추천했을 때, 새로운 시도를 해볼 수 있겠다는 생각으로 그 제안을 받아들였다. 그렇게 인연이 이어져 나중에는 의류 촬영도 맡게 되었다. 이 작업을 해나가면서 나는 두 가지 면에 포커스를 두었다. 첫 번째는, 유럽적인 분위기가 느껴지는 사진이었다. 사대주의라고 말할 수도 있겠지만 과거에는 우리가 가질 수 없는 것에 대한 동경이 있었다. 80년대까지 국내 사진에 부족했던 현대적인 감성, 일종의 세련미를 보여 주려는 노력이었다.

두 번째로, 촬영대상인 모델의 스토리와 인격을 보여 주고 싶었다. 당시 우리나라의 패션 사진은 모델을 아름다운 인형이나 마네킹처럼 촬영하는 것이 일반적인 경향이었다. 모델의 미모와 제품의 화려함을 부각시키는 평면적인 광고 사진이 주류를 이루는 상황에서, 나는 이 모델에게 어떤 스토리가 있는지 이 사람의 얼굴에서는 어떤 분위기를 드러낼 수 있는지를 고민했다. 모델의 개성을 끌어내 감정이 드러나는 한 개인의 존재를

《도베》. 2004

왼쪽 위 \ 울티모. 1992
오른쪽 위 \ 비아트. 1988
왼쪽 아래 \ 보티첼리. 1995
오른쪽 아래 \ 진태옥. 2003

"여러 사진가가 촬영한 사진들 가운데서도 당신의 작품은 쉽게 구별됩니다. 항상 일관된 느낌이나 인상을 추구하는 경향이 강하다는 얘긴데, 당신의 사진은 대상이 사람이건 아니건 대체로 아스라함이나 애잔함 같은 것이 느껴집니다. 그런 면에서 당신의 예술 작품과 상업적인 일로 하는 사진 간에 큰 차이가 느껴지지 않습니다."

— 2006년《포토넷》인터뷰(인터뷰어 신수진) 중에서

도니라이크. 1998

촬영한 것이 아마도 오랫동안 한 브랜드와 작업을 계속할 수 있었던 원동력이었을 거라고 지금도 생각한다. 무생물에게든 인간에게든 그 안에 깃든 정서를 찾아내는 표현 방식은 후에 백자를 촬영할 때의 나의 태도와도 일맥상통한다.

영화 포스터를 처음 촬영한 것은 연세대학교 동기인 배창호 감독의 〈기쁜 우리 젊은 날〉이었다. 거리에 붙은 첫 작품이라는 기쁨에 포스터가 붙은 동네 가게 담벼락을 찍어 놓은 사진을 아직도 가지고 있다. 당시 이 포스터에 담긴 배우 황신혜의 모습에 대한 반응이 매우 좋았다. 사진이 무척 마음에 들었던 태흥영화사 이태원 사장이 "앞으로 우리 포스터는 구 작가가 다 찍어야 한다"고 해서 그 후 〈서편제〉까지 임권택 감독의 영화 작업을 함께했다. 〈기쁜 우리 젊은 날〉은 포스터의 로고까지 내가 손글씨로 디자인한 것으로, 프로라는 인정과 함께 당시 50만 원이라는 거액을 지급받았다. 태흥에서 농담 반 진담 반으로 '전속 작가'라고 부르기도 했지만,

〈기쁜 우리 젊은 날〉 신문광고. 1987

〈기쁜 우리 젊은 날〉의 주연배우 황신혜와 안성기. 1987

〈서편제〉 즈음부터 개인 작업이 바빠지면서 이후 신세대 영화감독들과 일할 기회는 적어지게 되었다.

임권택 감독의 영화 포스터 작업을 하는 동안 지방 촬영지를 많이 다녔다. 〈장군의 아들〉, 〈서편제〉, 〈태백산맥〉을 찍으면서 전라도 지방을 돌아다녔는데, 배우들의 감정을 더 잘 살리기 위해 기왕이면 스튜디오보다 현장에서 찍으려는 생각이었다. 처음에는 "셔터 소리 내는 사람이 누구야!"라며 현장에서 푸대접을 받았지만, 나중에는 감독님도 포스터의 중요성을 인식하게 되어 〈서편제〉의 주연배우 오정해와는 시간을 따로 얻어 촬영할 수 있었다. 그런 과정에서 이따금 나의 포스터가 영화 장면의 모티프가 되기도 했다. 〈태백산맥〉 촬영 때는 전경에 불을 지펴 연기를 피운 뒤 배우들을 찍었는데 그 분위기가 영화에서 재현되기도 했고, 〈취화선〉에서

〈태백산맥〉 포스터 촬영. 1994

장승업이 지붕 위에 올라가 술을 마시는 것은 내 아이디어였다. 그 정도 망나니면 지붕까지 올라가야 한다고 생각해서 찍은 장면이었다.

영화 작업을 함께하면서 한국적 정서를 배우고 이해하는 데 많은 도움을 받았다. 스토리를 접하며 남들과는 또 다른 관점에서 한국 문화와 배경을 이해하게 되었다는 점을 생각하면 포스터 작업을 통해 얻은 경험은 값진 것이었다.

예술사진을 찍든 상업사진을 찍든 우리는 어차피 현실에 발 딛고 산다. 금전 문제 등을 해결해야 하고, 자신이 추구하거나 보여 주려는 작품이 대중과 어떻게 소통할 것인지 고민해야 한다는 점은 다르지 않다. 그러니 두 세계를 구분하기보다 현실적인 문제들을 어떻게 타파해 가면서 자기 것을 추구할 것인가를 고민하는 편이 낫다. 세상이 왜 날 몰라주나 좌절하기보다 내가 어떤 식으로 보여 줄지를 생각하는 것이 먼저일 것이다. 후배들이 자신의 고집에만 집착하며 그 방향으로만 가려 하기보다 생각을 전환하고 받아들이고 포용하는 태도를 가졌으면 좋겠다.

또 상업사진을 시도하는 경우 클라이언트와 대립된 의견으로 일이 뜻대로 풀리지 않을 때도 대처해 나가는 능력이 중요하다. 프리젠테이션 몇 번 하고 그들이 날 알아주지 않는다며 포기하는 사람이 많은데, 끝까지 찾아다니고 부딪쳐야 한다. 처음에는 힘들지만 인정받을 때까지 견디는 것도 사진가에게 필요한 덕목 중 하나이다. 그렇게 자리를 잡다 보면 어느 순간 내 성향에 맞는 결과를 원하는 의뢰인이 찾아온다.

가장 편하고 이상적인 일은 의뢰인들이 오브제를 갖다 주며 "선생님 찍고 싶은 대로 찍어 주세요"라고 하는 상황이지만, 거기에는 그들의 믿음을 지켜 주어야 한다는 부담과 노력이 따른다. 나는 클라이언트와 이견이 있을 경우 그들이 원하는 방향으로 최대한 작업하고, 거기에 내 식으로 촬영한 것도 함께 제시하는 스타일이다. 그들의 의견이 나와 다르다 해서 무시하며 권위를 내세울 생각은 없다. 중요한 것은 팔기만 위한 사진보다는 이왕이면 좋은 사진을 찍는 것이다. 어떤 목적을 위해서든 잘 찍은 사진은 멋진 법이다.

08

도구와 방법

초기에 오랫동안 사용했던 아끼던 카메라가 있었다. 장선우 영화감독이 아들에게 사진을 배우게 할 생각으로 하나 달라고 해서 그걸 주었는데, 시간이 지날수록 자꾸 그 카메라 생각이 났다. 아끼고 오래 쓰던 건데 괜히 줬다는 생각이 들었다. 그 사이 장 감독의 아들은 사진가가 되었다. 결국 10년이 넘어서 그 카메라를 다시 돌려받았다. 렌즈는 없어졌지만 바디는 그대로 남아 있었다. 나는 옛것을 쉽게 버리지 못한다. 몸에 닿았던 것, 손때가 묻은 것을 버리거나 타인에게 주지를 못한다.

1983년 유학 생활이 거의 끝나갈 무렵 이탈리아로 여행을 떠났다. 로마에서 우연히 이탈리아 공산당의 행사를 촬영하다가 짜릿한 순간을 경험했다. 셔터를 누르면 내가 생각했던 그대로 사진이 찍히는 느낌, 내 손과 의식이 연결된 느낌, 카메라가 내 의지대로 움직여 주는 느낌이었다. 카메라가 내 눈 같다는 자신감을 얻은 것은 그때부터였다.

사물의 이미지를 '가로채는' 찰나의 예술. 내가 생각하는 사진의 가장 큰 매력이자 내가 사진가가 된 이유는 바로 그것이다. 사진가가 된 과정은 순탄치 못했지만, 한국에서 처음부터 사진을 전공한 학생이 아니었기에 함부르크의 미술대학에서 배운 모든 과목을 아무 선입관 없이 받아들일 수 있었다. 그 가운데 사진을 택했던 가장 큰 이유는, 다른 창작 활동보다 훨씬 빠른 시간 안에 완성된 결과물을 얻을 수 있다는 매력 때문이었다. 사진에는 어떤 대상이나 사람, 상황의 이미지를 '훔치는' 일종의 쾌감과 스릴이 있다.

그때 로마에서 사용한 카메라는 니콘 FM이었다. 그 이후 카메라는 마치 눈을 깜박여 스캔하는 것처럼 내가 본 것을 담아낸다는 믿음을 주었다. 현재는 10여 대의 카메라를 가지고 있지만 그것을 모두 사용하지는 않는다. 주로 대형·중형·소형으로 상황에 따라 사용하고, 소형 카메라를 늘 가지고 다닌다. 많은 기능이 탑재된 장황한 신형 카메라보다 "내가 기대한 결과를 가져다주는구나" 하는 믿음을 주는 카메라면 된다.

최근에는 세상이 디지털화 되면서 이미지의 가치가 많이 사라졌다. 물론 디지털 카메라의 보급 덕분에 사진이 더욱 보편화된 것은 사실이다. 하지만 디지털 이미지는 아날로그처럼 오래 간직되지 않고 일회성으로 사라져 버리는 경우가 많다. 또한 디지털 카메라는 수정과 보정이 가능하여 이미지에 대한 사람들의 애착도 그만큼 덜해지는 것 같다.

주위에서는 나 역시 이런 기자재의 발전에 영향을 받는지 궁금해한다. 그런데 의외로 그렇지는 않다. 기록이 목적이 아닌 경우에는 포토샵 프로그램을 이용해서 부족한 부분을 보완할 수 있다고 생각한다. 그러나 언제나 기본이 되는 것은 촬영을 완벽하게 하는 것이다. 발전한 기술 덕분에 촬영한 후 바로 확인하고 수정할 수 있다는 이점은 생겼지만 그렇다고 해서 결과물이 크게 달라지지는 않는다. 중요한 것은 기술이 아니라 촬영하는 순간과 사진 속에 담아내는 이야기이다.

아마추어 사진에서 흔히 발견되는 공통점으로 너무 소재에 의존하는 점을 들 수 있다. 피사체와 사진의 외형적 등가 이상의 것을 보여 주지 못하고 단순히 대상물을 보여 주는 데 그치는 경우가 많다. 대상의 표면에 사로잡혀 그것만 찍으려 하면 표면적인 아름다움 이상은 표현할 수가 없다. 어떤 대상을 어떻게 찍을 것인가. 사진가라면 찍으려는 대상물에서 자신

로마. 1983

만이 발견할 수 있는 특별한 의미를 찾아낸다. 내가 찍은 사진에는 나의 감성과 자아가 반영되어 있다. 바다를 찍으려 한다면 그 바다는 나에게 특별한 것이고 나만의 것이어야 한다. 그 순간 촬영자와 대상물 간에 긴장과 교감이 발생하고 해석의 여지가 생긴다.

나만의 대상 그리고 그것을 표현할 새로운 영상 언어를 찾아내는 것은 사진가가 끝까지 지고 가야 할 숙명이다. 그 언어를 찾아가는 과정에서 끊임없이 다양한 시도를 하다 보니 어느 순간 나에게는 자연스럽게 '사진 매체의 실험적 가능성을 개척해 온 사진가'라는 호칭이 따라다니게 되었다. 그러나 좋은 사진을 찍는 방법에 정답이 있는 것은 아니다. 예술에 '무엇을 어떻게 해야 한다'는 법은 없으므로 자신의 개성을 살려 각각의 대상과 표현법을 찾아가는 것이 중요하다.

다만 사진 예술의 시대적 흐름을 이해하는 것은 자신만의 표현법을 찾는 데 도움이 될 것이다. 1960-80년대에는 카르티에 브레송 같은 작가들이 다큐멘터리 사진으로 명성을 떨쳤다. 그들이 스트레이트하게 촬영한 낯선 나라의 모습들은 그 자체로 작품사진으로서의 가치를 가진다. 〈긴 오후의 미행〉이나 〈시선 1980〉 같은 내 초기 작업도 이러한 다큐멘터리적 접근에 뿌리를 두고 있다.

1980년경 콘셉트가 중시되는 연출사진이 출현하였다. 연출사진이란 작가가 의미를 부여하고 메시지를 전달할 목적을 가지고, 순간을 포착한 사진이 아닌 상황을 연출하거나 다양한 기법을 더하여 작업한 사진을 말한다. 이후 현대사진의 흐름은 스트레이트한 사진을 하든 연출된 사진을 하든 콘셉트를 가지고 작업하는 사진가를 작가로 인식하는 경향이 강해졌다. 회화나 음악 같은 다른 장르의 예술가들과 마찬가지로 사진가들도 사진으로 자기가 하고 싶은 이야기를 전하게 되었다. 그것이 유독 나의 특징으로 언급되는 것은 그러한 흐름이 국내에 들어오게 되는 과정에 어느 정도 나의 역할이 있었기 때문이다.

내가 한국에 들어왔던 1985년은 유럽에서 연출된 사진의 흐름이 형성되기 시작할 때였다. 그러나 한국 작가들 사이에서는 아직 그러한 움직임이 미미했고, 학생들이 볼 수 있는 전시도 거의 없었다. 그런 가운데 1988년에 열린 〈사진 새시좌전〉과 1990년 〈한국 사진의 수평전〉에 대한 반응은 컸다. 국내의 많은 사진학과 학생들이 〈사진 새시좌전〉을 보기 위해 워커힐 미술관을 찾았고, 이후 사진에 대한 학생들의 인식이 크게 바뀌었다. 기존의 전통적 스타일의 사진만 해왔던 학생들이 우리가 보여 준 다양한 표현방법과 주제를 보며 자유로워졌던 것이다. 그 여파는 학생들의 졸업전과 졸업생들의 작품을 통해 드러나기 시작했고, 이후 각 대학의 사진과 졸업전에는 연출사진의 비중이 60-70퍼센트까지 늘어나게 되었다. 때문에 당시 전통적인 스트레이트 사진을 하던 선배들에게 비판도 많이 받았지만 그것은 문화적 현상이고 시대의 흐름이었다.

나는 학생들에게 스트레이트하게 촬영하거나 연출을 하라고 직접적인 방법을 가르치지는 않는다. 방법을 선택하는 것은 그들의 몫이다. 내가 그들에게 강조하는 것은 '어떤 사진이 왜 좋은지' 식별할 수 있고 표현할 수 있

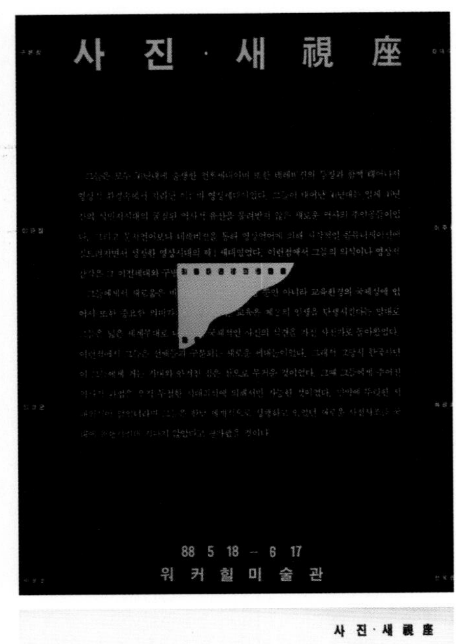

〈사진 새시좌전〉 포스터와 전시 장면. 워커힐 미술관. 1988

는, '대상을 보는 눈'을 키우는 훈련이다. 사물을 보는 안목과 기본에 대한 훈련 없이는 어떤 사진이든 좋은 결과를 기대할 수 없는 법이다.

내가 연출에 더 비중을 두고 있다 해도 사진의 본질은 '순간'을 포착하는 예술이기에, 그 기본이 되는 것은 여전히 스냅이다. 우리는 흔히 카메라를 메고 다니다 사냥꾼처럼 포착하는 순간의 기록을 스냅사진이라 말한다. 스냅의 가장 큰 매력은 내가 의도한 상황이 아닌 외부의 상황에서 기인하는 짜릿한 순간을 경험할 수 있다는 것이다. 따라서 예기치 못한 풍경이나 사건을 만났을 때 스냅의 맛은 더욱 살아난다.

그러나 스튜디오에서 백자를 찍는 정적인 작업에서도 '순간'은 다를 바 없이 중요하다. 사전에 준비한 정물을 촬영할 때 최적의 상황을 작가가 만들고 결정할 수 있다. 빛이나 배경 같은 요소를 원하는 대로 연출할 수 있기 때문이다. 이런 상황에서 어느 순간에 셔터를 눌러야 하는지 결정하는 것은 매우 중요한 일이다. 하얀 배경과 검은 배경, 자연광과 인공 조명, 탑 조명과 사이드 조명 등 수십 수백 가지의 선택 가운데 어떤 순간을 잡아낼 것인가, 이것은 근본적으로 순간에 대한 고민이며 모든 사진에 적용되는 것이다.

백자를 수없이 촬영해도 아무런 감흥이 없을 때가 있고, 어느 순간 그 백자가 내게 말을 건넬 때가 있다. 스튜디오에 꽃이 담긴 화병을 갖다 놨을 때에도 항상 촬영하고 싶은 마음이 드는 것은 아니다. 몇날 며칠 그냥 지나치다가 어느 날 해가 이만큼 기울었을 때, 꽃이 시들고 잎이 떨어졌을 때 내게 교감의 '순간'이 온다. 나는 그 '순간'을 기다린다.

위 \ 여행 중 스냅사진. 토스카나 산지미냐노. 1983
아래 \ 런던 트래펄가 광장. 1983

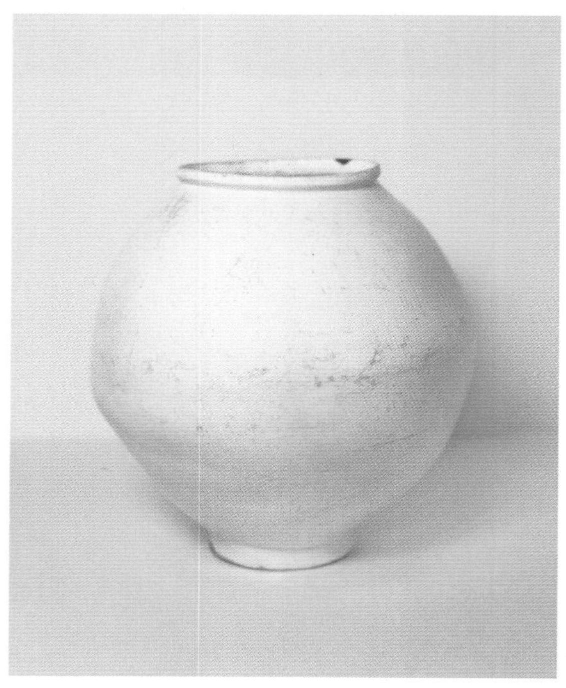

〈백자〉 시리즈. 오사카 시립동양도자미술관 소장. 2006

도쿄 이타미 준 건축설계 연구소에서 그의 백자 컬렉션을 촬영하는 장면. 2010

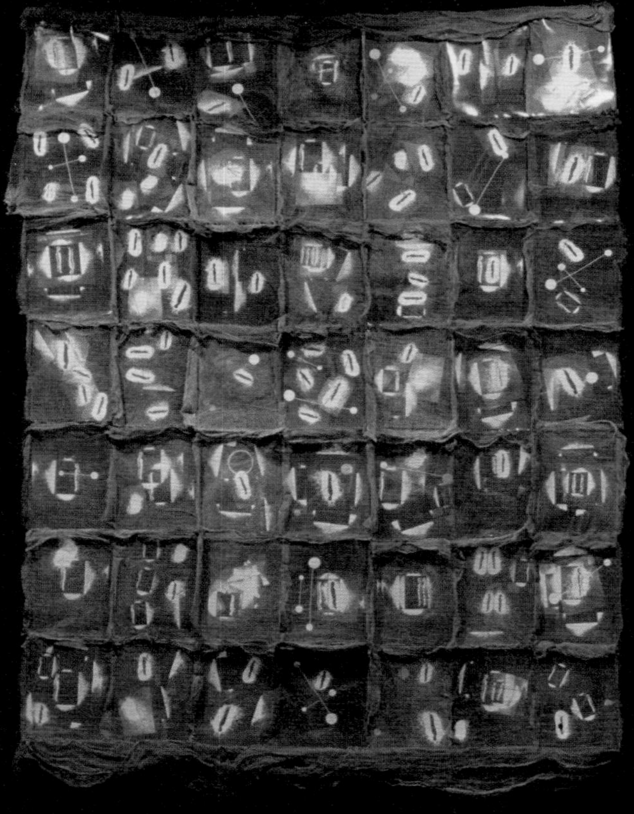

지금까지 내가 해온 다양한 시도들은 본능적으로 최적의 순간을 결정하여 차곡차곡 쌓아 온 것이다. 그 바탕 위에서 몽타주, 봉재, 포토그램 등 사진의 무한한 표현 가능성을 찾아 왔다. 지금은 전보다 스트레이트하게 작업을 하고 있지만, 메시지를 더 잘 보여 주기 위해서라면 다른 시도와 방법에 얼마든지 도전할 것이다. 건축에 관심이 많다 보니 전시 공간을 이해하고 그 안에서 작품을 효과적으로 보여 주는 방법도 고민한다. 또 액자 하나만으로 보여 주는 것보다 영상을 통해 보여 주는 등 더 나은 전시를 위해 항상 생각한다.

사진은 지난 30여 년간 나를 매료시켜 온 표현 매체이다. 그러나 나는 여전히 새로운 것에 호기심이 많다. 평면이 아닌 입체, 소리나 빛과 같은 매체, 또는 그들의 복합적인 만남도 가능하다고 생각한다. 사진의 무한한 표현 가능성을 끝까지 탐구하며 사진가의 숙명에 충실하게 살고 싶다.

위 \ 여러 장의 인화지를 재봉하여 만들어 낸 〈태초에〉 시리즈. 1995-1996

아래 \ 포토그램과 천을 재봉해 만든 믹스 미디어 작품인 〈생각의 바다〉 시리즈. 1990

09

사진가의 여행

나리타 공항에서 갈아탄 비행기는 앵커리지를 거쳐
처음 보는 눈 덮인 극지를 향하고 있었다.
겨울의 빙하, 에메랄드 빛 물이 얼어 있는 호수.
눈 아래 펼쳐진 신기한 풍경에 멀어져 가는 고국을 생각했다.
미지의 세계에 대한 흥분과 두려움 그리고 지구를 위에서
바라보는 첫 번째 경험이라는 설렘.
유학을 떠나며 첫 비행기에서 느낀 감상이다.

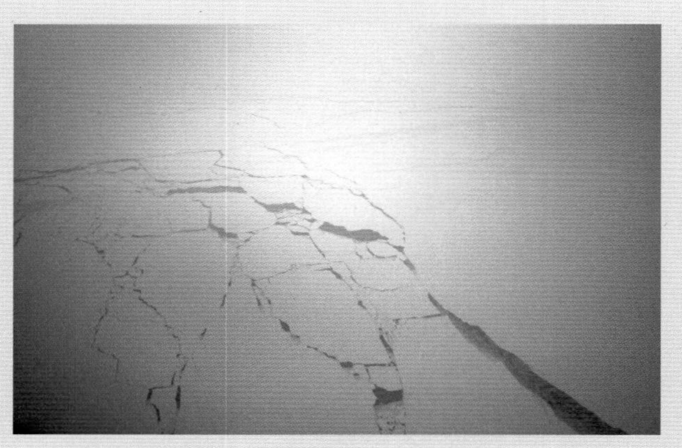

유학을 가기 위해 첫 비행기를 탔던 1979년 이후로 무수히 많은 곳을 다녔다. 일로든 쉼으로든 낯선 곳으로의 여행은 나에게 '이방인의 즐거움'을 느끼게 해준다. 독일에 처음 갔을 때 가장 나를 편안하게 만들어 주었던 것은, 그곳에서는 내가 누구였는지가 전혀 중요하지 않았다는 점이다. 그들은 나를 단지 새로운 사람으로 인식하고 받아들여 주었다. 지금도 여행을 떠나면 나는 또다시 그때처럼 이름 없는 사람이 된다. 사진가나 대학교수인 구본창이 아니라 그저 한 인간으로 돌아간다. 주위의 시선을 의식할 필요 없이 자유로워진다. 그 느낌은 나에게 항상 새로운 활력을 준다.

또 평소의 익숙함에서 떠나 새롭게 마주치는 자극과, 문화가 다른 사람들과의 만남을 통해 새로운 것을 받아들이려는 마음이 충만해지고, 낯선 환경 속에서 내 세계가 확장되는 것을 느낀다. 기차 옆자리에 앉은 사람과 이야기를 나누거나 서점에서 책을 뒤적이다 "나와 비슷한 시각을 가지고 있구나" 하는 기쁨을 느끼기도 하고, 박물관의 예술품이나 길거리 장인의 공예품을 구경하며 끊임없이 단련해서 이런 작품을 완성해 내는 사람들로부터 감동과 자극을 받고 돌아오는 것에서 즐거움을 얻는다.

사진가에게 여행이란 활력이자 담금질의 시간인 것 같다.

파리 외곽. 2009

오스트리아 빈 자연사박물관. 2009

뉴욕 행
비행기에서
바라본 야경.
2008

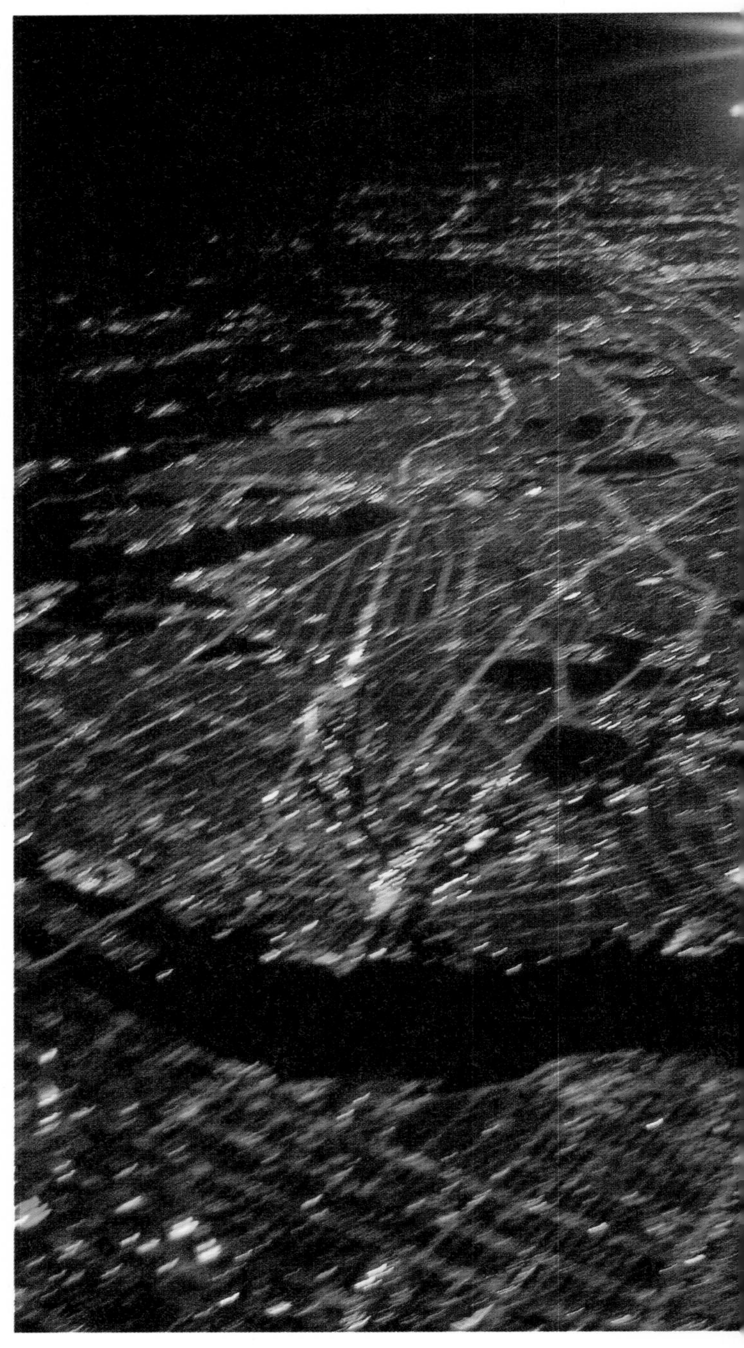

10 사물에 귀 기울이다

앤티크 숍에 진열되어 있는 물건들은 누군가 많은 것들 가운데서 골라내고 아낀 것이다.
시대를 거쳐 버려지지 않았다는 것은 많은 사람들의 마음을 울렸다는 이야기이다. 그 때문에 잘 간직되어 문화재로 박물관에 보관되거나 혹은 다시 시장에 나와 새로이 간직할 주인을 찾는다는 뜻이다. 몇 세대에 거쳐 사랑받은 물건들에는 만든 사람과 사용한 사람의 정성과 애정이 깃들어 있다.
단순히 표면에 보이는 시간의 흔적만이 아니라 세대에 걸친 생명력과 숨결이 남아 있다.

신당동에 살던 어린 시절 겨울이면 집에서는 김칫독을 땅에 묻고 겨울에 먹을 무를 보관할 구덩이를 만들었다. 그때 독을 묻으려고 땅을 파면 항상 무언가 정체 모를 물건들이 나왔다. 어머니는 여기에 살던 일본 사람이 묻어 놓고 간 것이라고 하셨다. 독을 묻을 때마다 나는 눈을 반짝이며 보물찾기를 했다. 그중에는 꽃꽂이용인 듯한 하얀 도자기 수반, 실로 꿴 구슬 쪼가리 같은 것들도 있었고 신라시대 장신구 같은 목걸이도 나왔다. 우리 식구들은 이런 걸 연구하던 일본 사람이 다시 돌아올 생각으로 그 물건들을 묻어 놓고 간 게 아닐까 추측해 보곤 했다. 지금도 박물관에서 비슷한 목걸이를 보면 그 기억이 떠오른다.

내가 유학을 떠난 사이에 어머니가 돌아가시자 남자들만 남은 집에서는 점점 살림살이가 사라져 갔다. 나는 한국에 나와 있는 동안 부모님이 쓰던 물건 가운데 잃어버리고 싶지 않은 것들을 따로 보관했다. 아버지가 쓰던 작은 선풍기와 어떤 연유에서 가지고 있었는지 모르는 청자 한 점, 그리고 표지가 마음에 들었던 몇 십 권의 일본 희곡 등이었다.

나중에 그 청자가 어떤 물건인가 확인해 보니 일제시대 때 일본인들이 한국에서 만든 것이었다. 그들은 우리 청자와 똑같은 걸 만들고 싶어서 전국에 몇 군데의 가마를 만들었다고 한다. 일본인들이 만든 청자는 이제 우리나라에 별로 남아 있지 않다. 전쟁 통에 피난길에서 사라지기도 했고, 그다지 중요하게 여겨지지 않아 보존되지 못했기 때문일 것이다. 그러나 '가짜' 청자는 아름다웠고 내 눈을 사로잡았다. 나중에 어느 청자 연구자가 소식을 듣고 그것을 보기 위해 우리 집을 다녀갔다.

유학 시절 독일에서는 '슈페어뮐탁Sperrmülltag'이라 불리는 '쓰레기 버리는 날'이 있었다. 평소에 안 쓰는 물건을 버리는 날이었는데, 그날이 나에게는 보물을 찾는 날이었다. 사람들이 한 달에 한 번 안 쓰는 물건을 길거리에 내놓으면 유학생이나 가난한 학생들이 가져다 재활용했다. 신밧드의 모험처럼 재미있는 발견이 많았다.

독일 벼룩시장에 대한 기억도 빠뜨릴 수 없다. 그곳에서도 평범한 것들 가운데 특별한 것을 찾아내는 스릴을 맛볼 수 있었다. 한 번은 구둣방에서 다리를 저는 사람이나 다리에 문제가 있는 사람을 위해 만든 구두 본들을 주웠는데, 주황색 파랑색 등 사람마다 다른 색으로 왁스칠을 해서 그림을 그린 것이 마치 드로잉 같았다. 나중에 그걸 가지고 학교에서 작품을 하기도 했다. 아직도 그때 발견한 물건들을 가지고 있다.

독일인들은 물건을 무척 아낀다. 친구 악셀의 집에 갔을 때의 일이다. 그의 부모님은 함부르크 외곽의 시골에 살았는데, 그 집 목욕탕에 걸려 있던 수건이 악셀이 어렸을 때 찍은 사진에도 똑같이 걸려 있었다. 그때 받은 강렬한 인상 때문인지 나도 30년 전에 독일에서 쓰던 수건을 아직도 사용한다. 수명을 다한 수건은 걸레로 만들어 암실에서 쓰고 있다.

그만큼 물건을 철저히 아끼고 오랫동안 보존하는 독일인들답게 벼룩시장에 나오는 물건들은 누군가 오래도록 사용한 것들이다. 그런 낡은 것들을 다른 사람이 다시 컬렉션 하는 것이다. 그래서 멋진 물건들이 죽지 않고 오래 살아남는다. 나는 그곳에서 옛날 물건에 대한 유럽인들의 애정을 느낄 수 있었다. 개성 출신인 우리 집도 유난히 아끼고 오래 쓰던 습성이 있었는데, 독일에 가서도 쓰임이 없어질 때까지는 버리지 않던 그들의 생활방식과 오래된 물건을 보는 심미안을 다시금 배웠던 것 같다.

그래서 나도 지나가다 우연히 멋진 전시회 포스터를 발견하면 행사가 끝난 후 기어이 찾아가서 뜯어 오는 사람이 되었다. 이탈리아 여행 때 가져온 것들도 있다. 인도에서는 상인이 깔고 앉아 있던 방석이 멋있어서 빼앗다시피 사왔다. 내 집에는 88올림픽 퍼레이드가 끝나고 여의도 광장에 버려졌던 벽시계와 주인에게 사정하다시피 해서 얻어 온 가회동 복덕방의 간판이 아직 남아 있다.

나는 앤티크Antique라는 것이 거창한 것이라고 생각하지 않는다. 누군가가 골라내고 아낀 것. 오랜 세월 사람들의 손에 닿아 닳으면서 품위를 지니게 된 것들. 내게 명품이란 그런 것이다. 나는 앤티크 숍에서 애써 가치 있어 보이는 물건을 고르려 하지 않는다. 그러나 대부분의 경우 내가 고른 물건은 그중에서도 값비싼 것들일 때가 많다. 무당에게 신이 내려 사람을 꿰뚫어 보는 눈이 있는 것처럼 앤티크의 주인들도 수십 수백 가지 물건 중

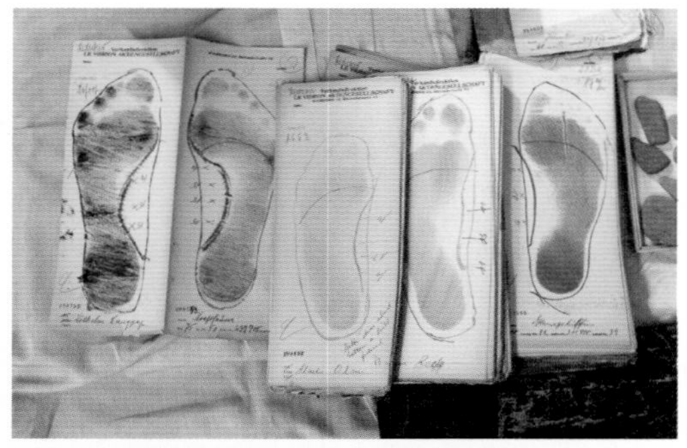

위 \ 독일 함부르크 '슈페어뮬탁' 때 주운 물건. 구둣방에서 버린 고객들의 발도장
아래 \ 파리 벼룩시장에서 발견한 비행기. 2004

일본 벼룩시장에서 발견한 인형의 일부분. 2012

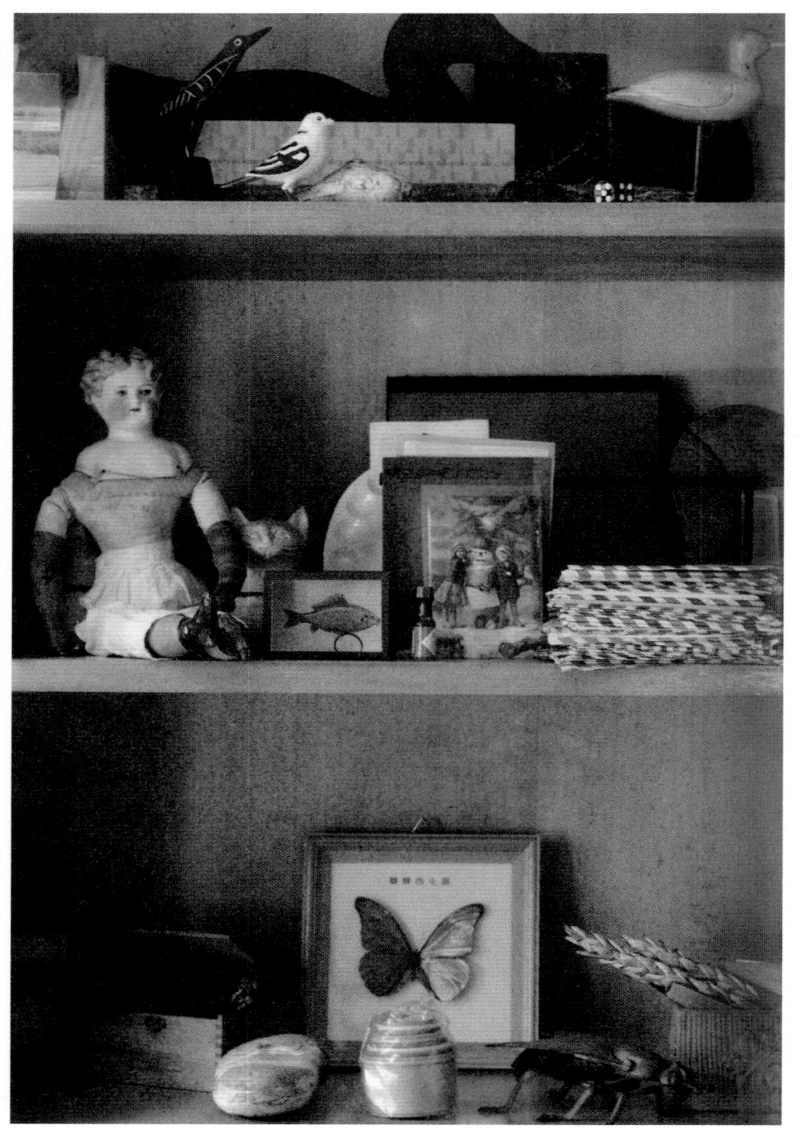

미국 로체스터의 벼룩시장에서 오래된 유럽 도자기 인형을 샀다.
다른 물건들은 대부분 10달러 정도였는데 이 인형은 주인이 3백 달러를 불렀다.
가격을 말하면 주위에서 미친놈 소리를 들을 것 같아 30달러라고 말했다.

상하이에서 산 나무의 화석. 사슴뿔인 줄 알았는데 자세히 보니 나뭇가지가 화석이 되어 버린 듯 나무 모양을 한 돌이었다.
깨지지 않게 들고 오느라 애를 먹었는데 이사 다니다 결국 부러지고 말았다.
\
필리핀에서 산 나무로 깎은 기린. 여기에 닥종이를 붙여서 기린 모양의 종이인형을 만드는 본으로 사용했던 것이다.
수없이 닥종이를 붙였다 뗀 흔적이 외관에 시간의 무게를 더해 주었다.
가방에 도저히 들어가지 않아서 두 마리 중 하나만 사가지고 왔는데
20년이 된 지금도 한 마리를 두고 온 것이 아깝고 생각난다.

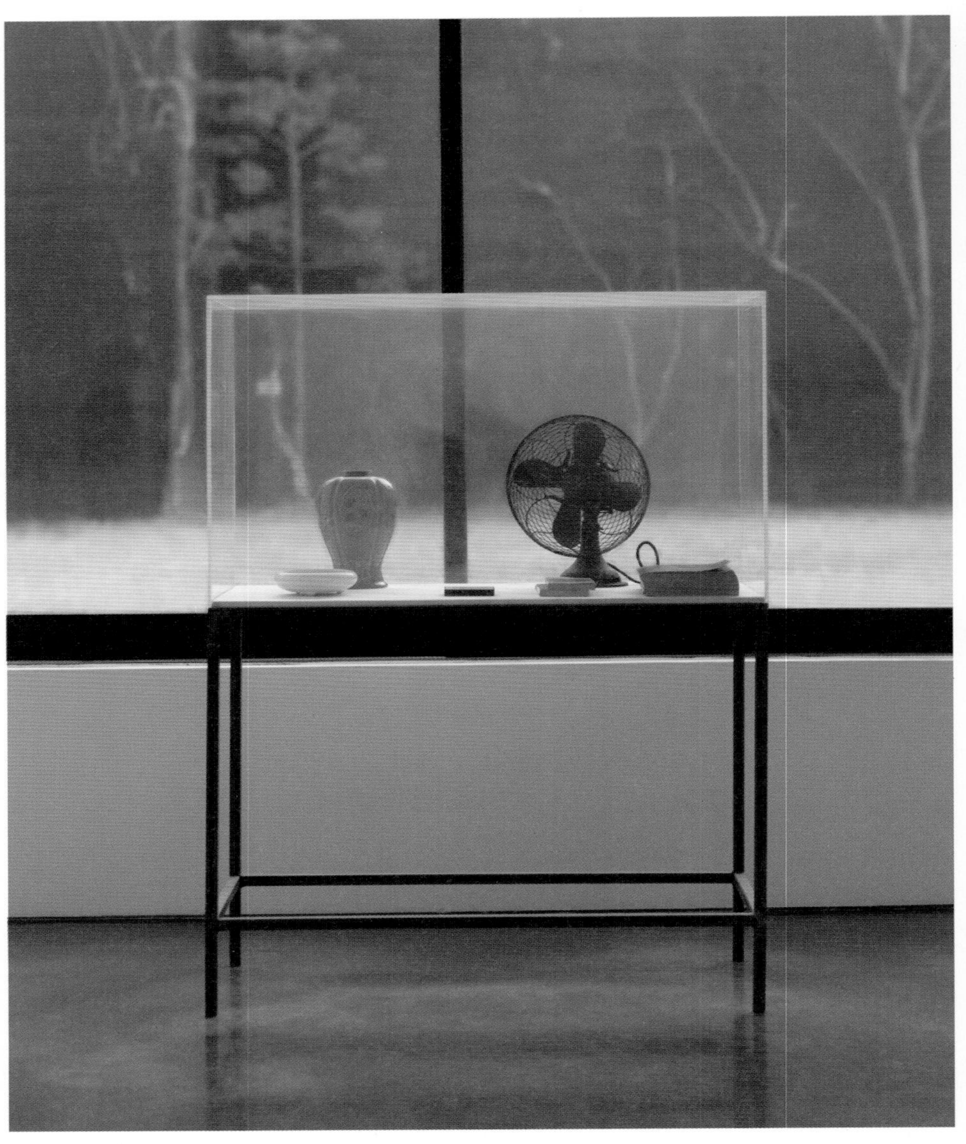

〈컬렉션〉 전시. 국제 갤러리. 2011

숨어 있는 보물을 골라내는 눈을 지녔다. 발견한 사물의 영혼을 들여다볼 수도 있다. 그것을 가능하게 하는 힘은 애착과 애정에서 나온다. 조선시대의 서화 수집가였던 김광국金光國, 1727-1797은 이런 말을 했다. "알면 사랑하게 되고 사랑하니 모으게 되더라."

어린 시절 '수집'이라는 단어를 알기도 전에 물건을 모으고 간직하는 행위에 눈을 뜬 뒤 그것이 어느샌가 숨 쉬는 것처럼 자연스러운 일상의 한 부분이 되었고, 지금은 그냥 나의 삶 자체라고 말할 수 있다. 사금파리 한 조각에 애착을 가졌던 소년은 나중에 어른이 되어 〈컬렉션〉이라는 주제로 사진전을 열었다. 나는 이 사진전에서 지금까지 모아 온 나의 물건들과 그것을 찍은 사진을 함께 전시했다. 관객들에게 내가 골라낸 앤티크와 내가 들여다본 그들의 영혼을 함께 공개한 셈이다.

디자이너 정병규 선생은 내 수집품들을 '이름 없음'과 '낡음'이라는 개념으로 들여다보았다. 맞는 말이다. 내가 모은 앤티크는 귀한 물건이라기보다 일상용품에 가깝다. 그의 말대로 나는 수집가라기보다 만물상에 가까울지도 모른다. 내가 애착을 가지는 물건들은 나르시스적인 감상을 위한 것이 아니라 익명의 이야기가 담긴 세상의 편린들이기 때문이다.

물건을 몹시 아끼던 나의 어머니는 사람들에게는 아낌없이 베푸는 분이었다. 보다 엄격했던 아버지는 자식들에게 독립심을 키워 주기 위해 큰누나가 전세금을 꾸러 와도 이자를 받았지만, 어머니는 생활이 어려운 고모들이 찾아오면 아버지 모르게 쌀 한 되라도 더 주려고 했다. 집에 일하러 온 미장이와 목수들에게 항상 친절했고 그들을 위해 막걸리를 준비하고 전을 부쳤다. 자라면서 사람을 대할 때면 늘 그런 어머니의 모습이 떠올랐다. 낯을 가리고 사교적인 만남을 힘들어 하지만 일하며 만나는 다른 분야의 사람들과 조명 기구를 들고 따라다니는 조수들, 가르치는 학생들을 늘 유심히 관찰하고 되도록 많은 이야기를 나누려 하는 것은 그런 어머니에게서 배운 애정 어린 시선이 있기 때문이다.

세상과 사람에 대한 애정, 사진을 찍는 시선도 결국은 이런 경험을 통해 형성된 것이다. 내가 찍으려고 관심을 기울이는 대상이란 있는 듯 없는 듯 너무도 조용히 존재하여 그들의 목소리를 듣기 쉽지 않은 것들일 때가 많다. 하지만 아무리 작은 소리라도 나는 그것을 듣고 싶고, 그러한 작업이 굉장히 중요한 것이라고 생각한다. 주변의 작은 목소리를 듣고 대화하기 위해서는 애정이 필요하다. 따뜻한 눈이 있어야 보이고 읽힌다. 아마도 나는 이런 애틋한 감정과 기억들을 기록하고 간직하려고 사진가가 된 모양이다.

11 일상의 보석

"현실 속에 비할 데 없이 아름다운 것들이 많다는 것을 모르는 사람들이 많다. 현실의 삶 그 자체가 보여 주는 것처럼 그렇게 변화를 거듭하며 새로워지는 예측불허의 아름다움은 그 어디에도 없다."

— 베레니스 애벗

컬렉션과 다른 의미로 우리 주변 곳곳에 숨어 있는 일상의 작은 아름다움에 관한 이야기도 빼놓을 수 없다. 생활 속에서 너무 익숙하여 무심히 지나쳐 버리는 것들로부터 문득 놀라운 모습을 발견할 때가 있다. 예를 들면 나에게는 비누가 그런 물건들 중의 하나이다.

비누는 자기 몸을 녹여 거품을 만들고 그것으로 우리의 때를 씻어 낸다. 그렇게 비누는 결코 멈추는 법 없이 끊임없이 소멸한다. 비누에게는 살아가는 행위가 곧 죽어가는 행위이다. 그러나 우리가 비누의 마지막 순간을 목격하는 일은 매우 드물다. 다 써서 닳아지거나, 실수로 하수구에 빠뜨리거나, 또는 새 비누와 합쳐져서 그냥 없어져 버리는 것이다. 연장을 사용하여 개성 있는 모습으로 연마할 수 있는 돌멩이를 은자隱者라 한다면, 거품을 내며 조용히 사라져 가는 비누는 얼굴 없는 노동자라 할 수 있다. 하지만 무심코 흘려버리기 쉬운 사라짐의 순간에 나의 카메라가 포착한 비누는 보석같이 영롱한 아름다움을 빛내고 있었다.

이런 존재가 우리 주변 곳곳에 숨어 있다. 내가 찍으려는 사진은 실제로 존재하지 않는 사물이나 현상이 아니라 우리 자신을 포함하여 이렇게 끊임없이 사라져 가고 있는 주변의 것들이다. 렌즈에 담기는 모습들

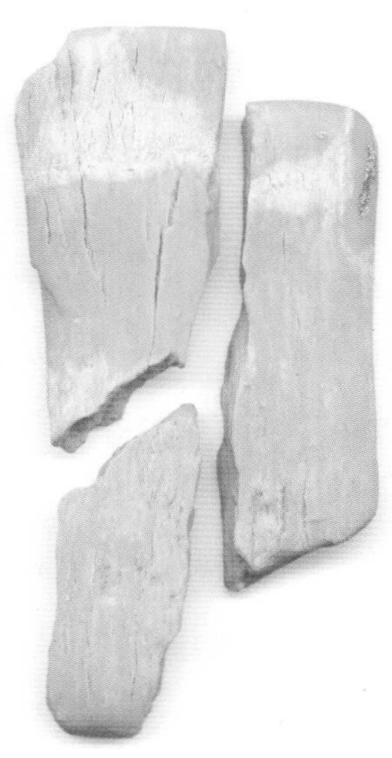

〈비누〉 시리즈. 2006

〈비누〉 시리즈. 2004

〈비누〉 시리즈. 2006

〈비누〉 시리즈. 오스트리아 빈의 갤러리 라옴미트리히트 전시. 2009

이 그 각각의 사라짐의 순간이라는 점에서 사진가의 작업과 비누는 공통점을 갖는다.

2003년, 파리에 3개월간 머물 수 있는 기회가 찾아왔다. 그전에도 파리 여행은 자주 했지만 석 달이나 되는 비교적 긴 기간을 머물기는 처음이었다. 입주 예술가들을 위한 창작촌 시테데자르Cité des Arts에 머무르면서 틈날 때마다 카메라를 메고 파리의 구석구석을 걸어 다녔다.

어느 날 한 골목길을 지나다 오래된 집 입구의 벽 아래쪽에 덧댄 형태로 붙어 있는 특이한 설치물을 발견했다. 살펴보니 그 집뿐만 아니라 오래된 집들의 입구에는 모양은 다르지만 모두 그와 같은 설치물이 붙어 있었다. 전에 몇 번이나 파리에 왔었지만 그때는 보지 못했던 것이었다.

파리 사람들에게 물어 보니, 옛날에 마차가 집 안으로 들어오려고 커브를 틀 때 마차 바퀴가 건물 모퉁이를 긁지 못하도록 설치한 '샤스루Chasse-Roue, 경계석, 쇠말뚝이라는 뜻'라고 했다. 마차가 주요 교통수단이던 시절에 만들어진 것이니 시기는 대략 15세기까지 거슬러 올라갈 것이다.

그런데 나에게는 샤스루가 실용적인 기능을 떠나 좀 더 애틋한 느낌으로 다가왔다. 마치 우리의 시골마을 어귀에 서 있는 장승이나 제주도 돌하르방처럼 집을 지키며 서 있는 문지기 같은 존재로 느껴진 것이다. 비록 인물의 형상으로 표현되어 있지는 않지만, 한 마을을 지키는 수호신처럼 영험한 능력이 부여된 인격체 같다고 할까.

그 뒤로 거리에 나갈 때마다 샤스루를 관찰했다. 샤스루는 돌로 된 것이 있는가 하면 쇠로 된 것도 있고, 브랑쿠시Constantin Brancusi, 1876-1957의 조각처럼 조형미를 띤 게 있는가 하면 성적 판타지가 유머러스하게 표현된 것도 있었다. 즉, 만든 사람의 상상력이 다양하게 표현되어 있었다. 나는 서서히 샤스루에 심취해 사람들에게 어느 곳에 재미있는 모양의 샤스루가 있는지 물으며 찾아다녔다.

그 사이 석 달이 지나 일단 귀국했다가 샤스루만을 본격적으로 촬영하기 위해 다시 한 번 파리로 갔다. 이번에는 파리 시의 촬영 허가를 받아 좀 더 편안한 조건에서 찍을 수 있었다. 하지만 번잡한 길거리에서 대형 카메라로 샤스루를 찍는 일이 쉽지는 않았다. 게다가 그 무렵은 모든 나라들이 테러의 위협을 경계하고 있을 때여서 특히 관공서 앞에 위치한 돌기둥은 촬영하기가 상당히 까다로웠다.

〈샤스루〉 촬영 모습. 2003

샤스루를 촬영하면서 1880년대 파리의 모습을 기록한 프랑스 사진가 외젠 앗제Eugène Atget, 1857-1927를 떠올렸다. 앗제는 사람이 거의 없는 한산한 모습의 파리 곳곳을 촬영했다. 원래 화가들의 밑그림을 위해 시작한 작업이었는데, 곧 초현실주의자들의 눈에 띄어 잡지에 소개되며 큰 반향을 불러일으켰다. 특히 미국 작가 베레니스 애벗Berenice Abbot, 1898-1991이 앗제의 필름을 입수해 재인화하면서 후대 사진가들에게 많은 영향을 주었다. 파리는 과거의 모습에서 크게 달라지지 않아 어떤 거리는 19세기 말에 앗제가 촬영한 모습이 그대로 남아 있기도 했지만 앗제는 건물을 멀리서 촬영하여 샤스루만을 직접 촬영한 것은 없었다.

그 후 몇 년에 걸쳐 파리에 갈 때마다 각양각색의 샤스루를 촬영하였다. 오랜 기간에 걸친 작업이었던 이 시리즈 가운데 12점은 2012년 파리의 역사박물관인 카르나발레 박물관Musée Carnavalet에 소장되었다. 파리 시는 자국민도 별로 주의를 기울이지 않는 오래된 유물을 한국인 사진가가 주목하여 촬영한 사실을 놀라워했다. 파리를 스쳐간 시간의 흔적이기도 한 이 작품들은 파리의 모습을 기록한 많은 작가들, 특히 외젠 앗제의 작품과 함께 소장되어 있다.

〈샤스루〉 시리즈. 2003-2004

함부르크에서 촬영한 〈빨래〉 시리즈. 2004
같은 장소에서 일주일 동안 널린 빨래의 모습을 시리즈로 촬영하였다.

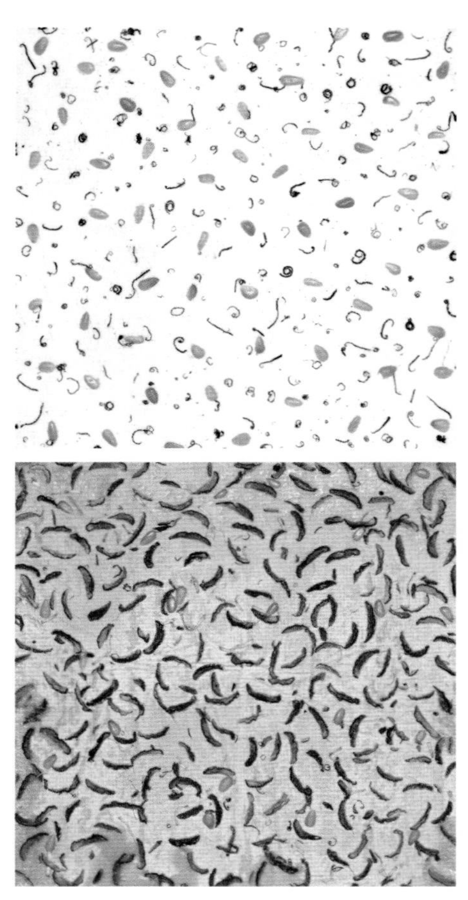

왼쪽 \ 오래전 호텔에서 가져온 바늘쌈지
위 \ 클로즈업하여 촬영한 떡의 표면. 1997

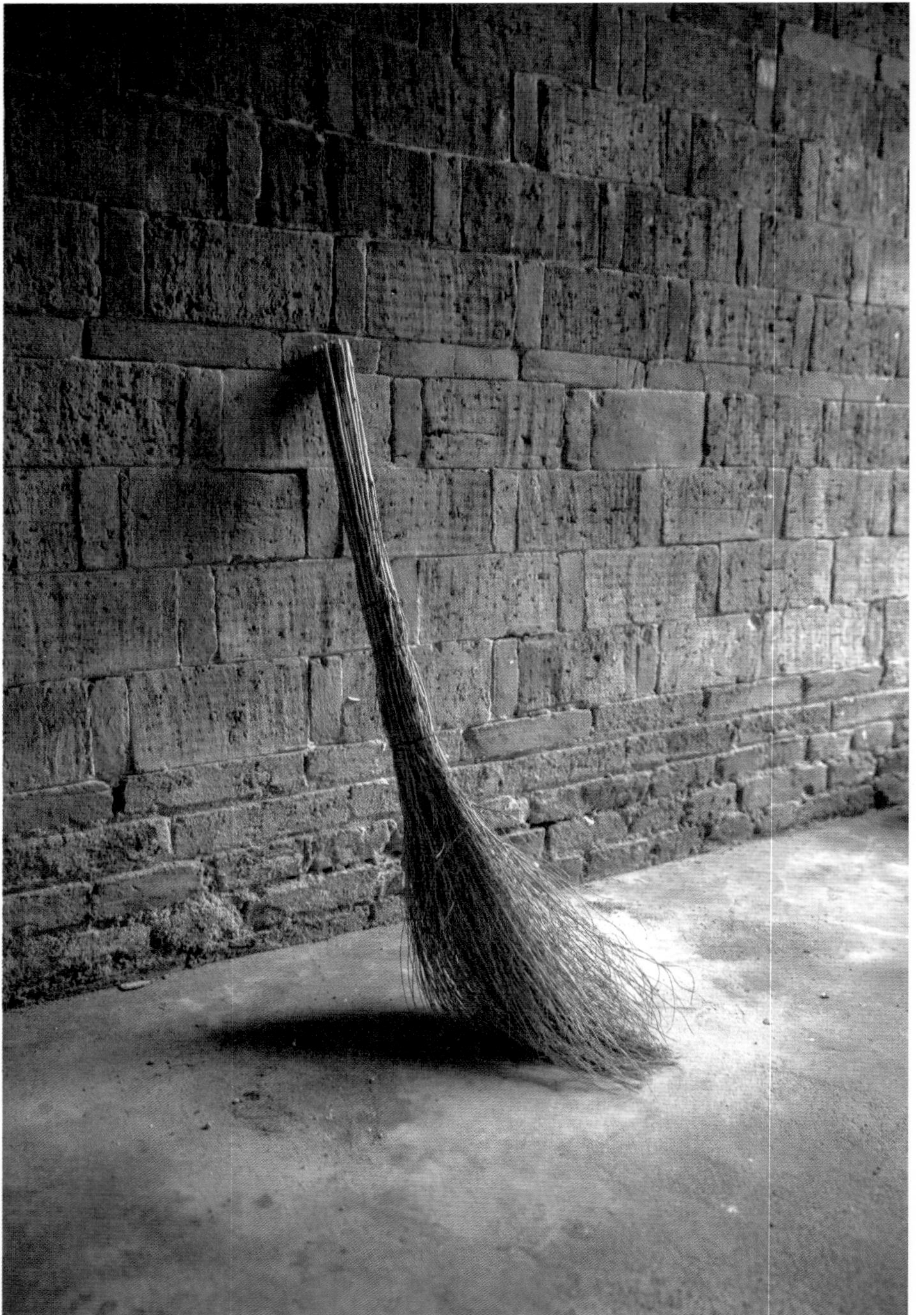

이렇듯 내가 좋아하는 것들의 공통점은 닳아 없어지거나 시간 속에서 점차 잊히고 사라져 가는 것들인 경우가 많다. 나는 예전부터 하얀 무명 저고리를 좋아했는데, 화려한 조명 없이 버려진 듯 뒷전에 남겨진 것, 그 소박함에서 무엇인지 모를 애절함 같은 것을 느꼈기 때문이다.

꽤 오랜 기간 틈틈이 눈에 보일 때마다 찍어 온 사물로 빗자루도 있다. 인간의 손에 의해 그 역할이 주어지는 빗자루, 특히 세월이 흘러 낡고 닳아빠진 빗자루를 보면 애틋한 생각이 든다. 조용히 말없이 자신의 직분을 다하며 점차 닳아 가는 모습이 아름답게 느껴진다.

일상이 빚어내는 이러한 모습들에 나는 왜 이리 연연하는지. 그래서 나는 언제나 비누와 같이 사라지는 시간들과 일상의 흔적들을 모으고 카메라에 담는다. 사람들이 잘 눈여겨보지 않는 것들이 내 카메라를 통해 빛을 발해서 그들이 '아, 이 사소한 것에 이런 아름다움이 숨어 있구나' 하고 인식되는 것이 좋다. 시간 속에 아스라한 그 모든 것이 내게는 보석 같다. 처음에 인용한 베레니스 애벗의 말처럼 비할 바 없이 아름다운 그 모든 것들이 우리 현실의 삶 속에 있다.

〈빗자루〉, 중국 경덕진, 2014

12

잃어버린 얼굴들

어릴 적부터 나는 커튼 뒤에 숨겨지거나 가려진 것 같은 대상을 그냥 지나치지 못했다. 늘 그들에게 다가가 그 이면의 모습을 들여다보고픈 호기심에 차 있었다. 탈을 쓴 춤꾼들을 보았을 때도 마찬가지다. 겉으로 드러난 얼굴보다 탈 뒤에서 은은히 발산되는 힘에 강하게 이끌렸다. 춤꾼들이 보여 주는 어색한 몸동작과 거칠게 그려진 탈은 한국 민속의 전통에 잠재된 깊은 슬픔의 반영이다. 나는 사진을 통해서 그것을 잡아내어 기억하고 싶었다. 그들이 나의 작품 속에서 숨 쉬고 영원히 살아 있기를 바랐다.

내 사진 작업의 흐름을 크게 구분해 본다면 세 단계로 나눌 수 있을 것 같다. 초기에 감각적이고 실험적인 작품들에서 출발하여 관조적이고 정적인 세계로 들어갔던 나는 2000년대의 시작과 함께 전통문화와 역사라는 주제로 눈을 돌렸다. 바꿔 말하면 강한 자기표현에서 출발한 작업들이 서서히 전체를 아우르는 방향으로 흐르기 시작하여 마침내 나의 감성을 좀 더 객관적인 관심사를 통해 나타내게 되었다고 말할 수 있을 것이다.

그 세 번째 단계로 들어가는 계기가 된 시리즈가 바로 〈탈〉이다. 탈은 감춰지고 숨겨진 것에 대한 내 오래된 호기심과 그동안 익숙하다고 생각했던 우리 문화에 대한 새로운 자각이 만나 시작하게 된 주제이다. 사진 작업 초기부터 내 사진에는 주변의 물체가 천이나 비닐 같은 것으로 덮여 있는 모습들이 꽤 많이 등장한다. 어떤 형상이 가려져 있는 모습은 언제나 긴장감과 상상력을 유발하곤 했다. 그 호기심이 오래전 이름 모를 장인의 손에서 태어나 수많은 사람을 거치며 그들의 얼굴을 대신했던 가면 뒤 가려진 지난 이야기로 향했다. 나는 탈의 생명 없는 얼굴 뒤에 감춰진 옛 사람의 숨결을 읽어 내고 싶었다.

사실 탈과 나의 첫 인연은 꽤 오랜 시간을 거슬러 올라간 곳에서 찾을 수 있다. 어린 시절 전통 탈 연구로 큰 업적을 남긴 국문학자 이두현李杜鉉, 1924-2013 박사님과 이웃에 살았다. 나는 박사님의 딸과 소꿉놀이 동무였다. 그 시절 자주 놀러갔던 그 집 2층의 한 방에는 수많은 하얀색 종이 탈들이 채색을 기다리고 있었고, 예닐곱 살의 어린 내가 그곳에서 느꼈던 백색 침묵과 야릇한 두려움은 지금도 가슴속 깊은 곳에 남아 있다.

어쩌면 탈에 대한 어린 시절의 그 원형적 이미지가 광고 사진을 찍을 때 얼굴에 대한 관심으로 나타난 것인지도 모른다. 구김 없이 밝은 얼굴보다 인생의 우여곡절을 담은 얼굴, 과거의 흔적을 가진 얼굴, 사연과 상처가 얹힌 형상은 언제나 나의 마음을 움직였다. 마스크를 쓴 다운증후군 환자나 쌍둥이의 모습을 렌즈에 담은 다이안 아버스Diane Arbus, 1923-1971와 아우구스트 잔더August Sander, 1876-1964 같은 작가들의 사진도 나에게 영감을 준 편린들이다. 1989년에 나는 제일모직의 남성복 광고 작업을 하면서 모델에게 마스크를 착용시킨 사진을 촬영했지만 시대를 앞서간 탓인지 광고는 일회성으로 끝나고 말았다. 오래전부터 내 안에 형성되어 온 이런 모티프들이 몇 가지 계기를 만나면서 비로소 탈은 내 안에서 오랜 잠을 깨고 되살아났다.

1991년 여행 중 태국항공의 기내 잡지에서 우연히 태국의 탈 사진을 보게 되었다. 그동안 봐왔던 우리나라의 탈 사진은 주로 탈 자체만을 찍거나 구경꾼들에게 둘러싸인 공연 장면이곤 했는데, 그 사진은 밀림에서 탈을 쓰고 찍은 것이라는 점이 신선해서 기억에 남았다. 언젠가 나도 이런 작업을 하고 싶다고 생각했다. 그것이 실제 작업으로 이루어진 것은 10년 후인 2000년도의 일이다. 이두현 박사가 옥랑문화재단의 후원으로 한국의 나무꼭두에 관한 책을 내면서 내게 사진 촬영을 부탁한 것이다. 그동안 매체에서 내 기사를 봐왔던 박사님이 사진을 나에게 맡기고 싶다고 해서 재단에서 연락이 왔다. 촬영을 마친 후 필름을 가지고 그분을 만나러 가야 했는데, 마침 박사님이 예술의 전당에서 공연하는 가면극을 보러 간다며 거기서 만나자고 하였다. 공연이 끝난 뒤 박사님에게 인사를 하러 온 놀이꾼들의 모습을 가까이서 보았을 때, 긴 시간 잊고 있던 어린 시절의 기억이 되살아났다.

사실 나는 우리나라를 소개하는 관광용 책자 등에 마치 '한국의 얼굴'처럼 등장하는 전통 탈에 무관심했었다. 탈은 내게 충분히 알고 있으며 너무 많이 보아 온 익숙한 대상이었다. 그런데 탈을 쓴 춤꾼들을 바로 옆에서 관찰한 후 모든 것이 다르게 다가왔다. 단순하면서 순진하고 때로는 어설픈 탈의 얼굴을 보며 이제까지 어떤 대상에서도 본 적이 없는 힘을 느낀 것이다. 그 안에는 인간이란 존재가 가진 애절함과 소박함, 그리고 꾸밈없는 자유분방함이 존재하고 있었다.

이제까지 우리의 탈은 희화화된 표면적인 모습이 부각되거나 해학적인 측면으로만 치우쳐서 해석되는 일이 많았다. 그러나 내가 다양한 탈의 모습을 찾아 전국을 돌아다니며 곳곳의 공연 현장에서 느낀 점은, 우리의 탈이 현재 남아 있는 정형화된 것들이 전부가 아니며 그동안 우리는 옛 얼굴들을 많이 잃어버렸다는 것이다.

송파, 하회, 봉산처럼 유명한 탈들은 더 빠르게 본연의 모습을 잃어버렸다. 정부의 지원을 받으며 보전에 노력을 해왔고 공연자 중에는 젊고 의욕 있는 이들의 참여가 더 많아졌지만, 그러다 보니 다른 팀보다 현대적이고 세련된 감각에 익숙하기 때문에 오히려 원형에서 더 멀어지는 것 같아 아쉬웠다. 전통의 계승이 장인에 의해 체계적으로 이루어지지 않다 보니 취미로 하는 동아리 회원들이 서툴게 그린 것들도 남게 되었다.

일례로 봉산 탈을 촬영할 당시 흔들린 사진이 있어 재촬영을 갔는데, 아무리 애를 써도 지난번 촬영 때의 느낌이 나지 않았다. 나중에야 그 이유를 알게 되었다. 여름에 탈을 쓰고 공연하려니 너무 더워 입 부분을 더 크게 만들었다는 것이다. 원래 할 말을 못하는 듯한 느낌의 오므린 입을 가지고 있던 사상좌는 그로 인해 분위기가 달라졌다.

이런 이유로 나는 가산오광대 탈이 좋았다. 당시 별로 유명하지 않았던 가산오광대는 할머니 할아버지들이 밭에서 일하다 옷만 갈아입고 벌이는 공연이었다. 이런 공연은 느껴지는 체취가 다르다. 나도 흥에 겨워 재미있게 찍은 작업이다.

〈탈〉 시리즈. 봉산탈춤. 1998-2003

〈탈〉 시리즈. 가산오광대. 1998-2003

〈탈〉 시리즈. 북청사자. 1998-2003

〈탈〉 시리즈. 강릉관노. 1998-2003

그 후에 나는 파리 기메 박물관Musée National des Arts Asiatiques-Guimet에 소장된 우리 탈을 찍으러 갔다. 이곳에 있는 탈들은 1888년 샤를 바라Charles Varat, 1842-1893라는 프랑스 선교사가 수집해 간 것이다. 박물관의 허락을 받고 촬영하긴 했지만 사람이 쓰고 찍는 것은 허가가 나지 않아 전시물을 촬영할 수밖에 없었다. 사람들은 이것을 보고 우리 탈이라기보다 오히려 일본 탈 같다고들 말했다. 일본의 노能 가면처럼 이 탈들은 어딘지 귀기 어린 모습을 하고 있다. 그러나 예전에는 분명 우리에게도 이런 탈들이 존재했다. 130년 사이에 우리의 탈은 현재 우리가 알고 있는 정형화된 일률적인 모습으로 변한 것이다. 일본의 노 가면은 아직도 그대로인데 우리 것은 많이 바뀌었다. 우리는 오래전 우리의 옛 얼굴을 잃어버렸다. 감정이 묻어 있는 다양한 얼굴들을.

내가 탈 작업을 통해 찾고자 한 모습은 오늘의 춤꾼이 아니라 100년 전, 200년 전 아득히 오랜 세월을 거치며 잃어버린 우리의 얼굴이다. 그래서 나는 웃거나 무표정한 탈의 겉모습보다 슬픔을 삼키는 듯한, 겉으로 잘 드러나지는 않지만 오랫동안 쌓여 온 내재된 한스러움이나 기억의 상처 같은 것에 감응했다. 나는 서투른 모습과 몸짓 속에서 한국인의 마음에 숨겨진 서글픔의 정체를 찾고 싶었다.

지금껏 작가들이 탈을 사진을 담는 방식은 춤꾼들의 역동적인 움직임을 잡아내거나 벗겨진 탈 자체를 기록하는 작업이 많았지만, 나는 고요히 카메라를 응시하는 그들의 모습을 담고 싶었다. 일종의 박제와도 같은 느낌을 나의 탈 사진에 담으려 했다. 춤꾼들을 찍었지만 나의 관심의 초점

〈탈〉 시리즈. 기메 탈. 2009

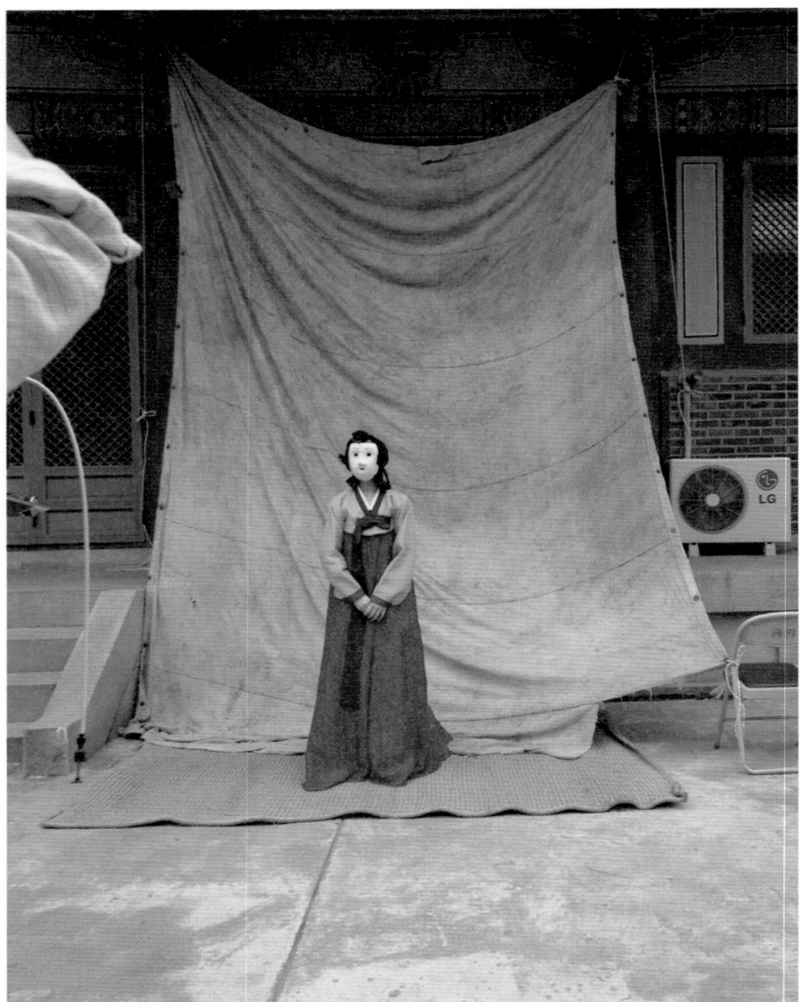

〈탈〉 시리즈. 송파산대. 2003

은 탈춤이 아니라 탈이기에 동작은 불필요했다. 내 탈 작업의 목표는 탈이 지닌 흡입력을 극대화하여 보여 주는 것이다.

그래서 탈의 모습들에 집중할 수 있도록 배경의 천도 같은 것을 동일하게 사용하였다. 언젠가 길을 가다 우연히 철물점의 모래 더미에 덮여 있던 천을 발견하고 사들였는데, 오랜 시간 얼룩지고 헤진 느낌이 탈에 대한 나의 인상을 표현하는 데 적절했다. 탈을 쓴 얼굴 부분을 선명하게 강조해서 보여 주기 위해 발 아래 부분을 아웃포커싱한 것은 피사체들에 현실의 존재가 아닌 것 같은 느낌을 더해 주었다. 폴라로이드 필름의 사용으로 뜻하지 않게 생겨난 긁힌 자국들도 전체적인 사진의 분위기를 살리는 데 도움이 되었다.

탈을 통해 나는 더 깊은 애정을 가지고 우리의 전통문화를 바라보게 되었고, 반드시 한국적인 소재를 다뤄야겠다는 의무감 같은 것보다는 우리가 가진 좋은 소재를 내가 가진 감수성으로 소화하고 싶은 갈망을 느꼈다. 많은 사람들이 나의 감수성을 지극히 국제화된 것으로 여기지만 60년 동안 한국인으로 살아온 나의 정서는 그 자체로 한국적인 것으로 다져졌다고 생각한다. 그런 나의 시각으로 자연스럽게 한국적인 소재를 소화하는 것을 보여 주고 싶다. 화려한 찬사나 갈채 없는 무대에서 이름 없이 사라져 간 탈 저편의 얼굴들을 찾아 남기고 싶다.

13

마음의 그릇

이 사진을 처음 보았을 때 나는 한국을 떠나 있었다. 그래서였을까. 낯선 외국인과 함께 먼 타국에 있던 백자의 서글픔을 간직하고 있는 듯한 모습은 내 가슴 깊은 곳을 울렸다. 그때는 사진에 찍힌 노부인이 누구인지 알 수 없었다. 다만 우리 백자를 외국인이 소유하고 있다는 사실, 그리고 그 백자가 먼 이국땅에서 구원 받기를 기다리고 있는 것처럼 보였던 느낌만이 남아 있었다. 그 후로 15년이라는 세월이 지난 뒤에야 사진 속 달항아리의 내력과 여인의 이름을 알게 되었다. 그녀의 이름은 루시 리이다.

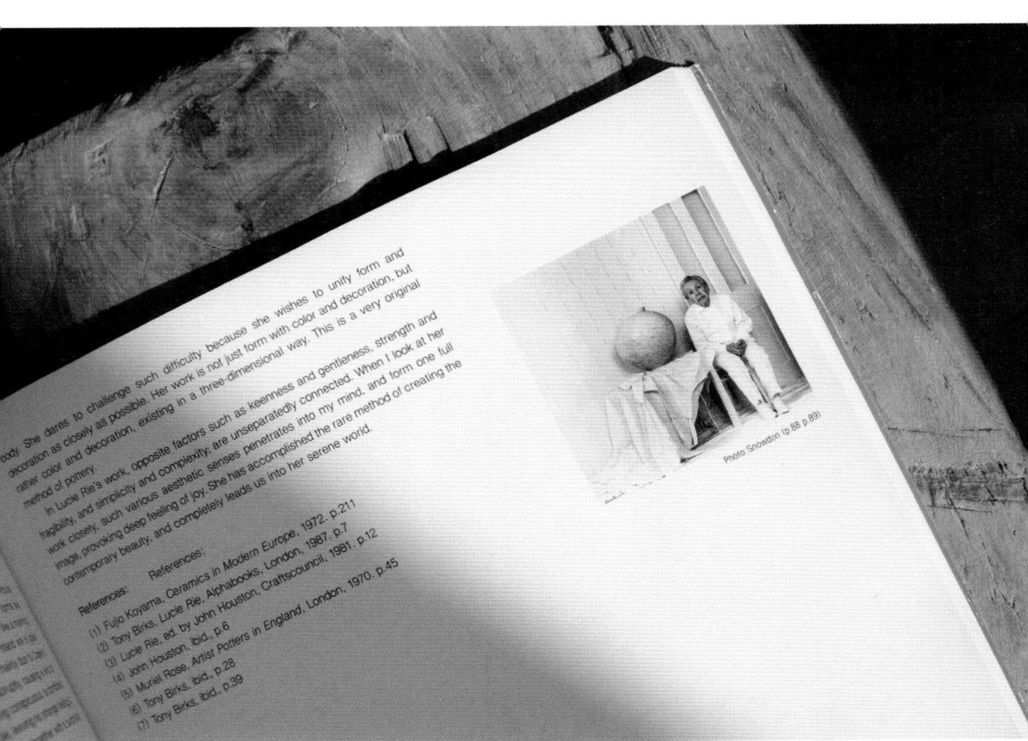
body. She dares to challenge such difficulty because she wishes to unify form and decoration as closely as possible. Her work is not just form with color and decoration, but rather color and decoration, existing in a three-dimensional way. This is a very original method of pottery.

In Lucie Rie's work, opposite factors such as keenness and gentleness, strength and fragibility, and simplicity and complexity; are unseparatedly connected. When I look at her work closely, such various aesthetic senses penetrates into my mind, and form one full image, provoking deep feeling of joy. She has accomplished the rare method of creating the contemporary beauty, and completely leads us into her serene world.

References:

References:

(1) Fujio Koyama, *Ceramics in Modern Europe*, 1972. p.211
(2) Tony Birks, *Lucie Rie*, Alphabooks, London, 1987. p.7
(3) *Lucie Rie*, ed. by John Houston, Craftscouncil, 1981. p.12
(4) John Houston, Ibid., p.6
(5) Muriel Rose, *Artist Potters in England*, London, 1970. p.45
(6) Tony Birks, Ibid., p.28
(7) Tony Birks, Ibid., p.39

Photo Snowdon (p.88 p.89)

『Issey Miyake Meets Lucie Rie』, 1989

1914년 아사카와 다쿠미淺川巧, 1891-1931라는 일본인 청년이 광릉에 있는 조선총독부 임업시험장 파견근무자로 한국에 온다. 그는 우리나라 도자기의 미를 처음 온몸으로 느낀 사람이다. 한국의 도자기와 민예품을 무척 좋아하여 당시 전국의 모든 도예지에 관한 연구를 했으니, 우리나라 도예가들은 이 사람에게 진 빚이 많다. 평생 조선의 미를 아끼고 사랑했던 아사카와는 1931년 40세라는 젊은 나이에 세상을 떠나면서 조선의 흙이 되고 싶다는 유언을 남겼다. 그는 지금 망우리 공동묘지에 묻혀 있다.

어느 여름 아사카와는 일본의 미학자 야나기 무네요시柳宗悅, 1889-1961에게 조선 도자기 하나를 선물했는데, 그것이 야나기에게 한국에 대한 인상을 바꿔 놓는 계기가 되었다. 그때까지 서양문물에 반해 있던 야나기는 한국에 이렇게 아름다운 것이 있다는 사실에 크게 놀랐다. 나중에 일본으로 돌아간 그는 도쿄에 민예관을 세운다. 당시에 그가 모았던 우리의 전통 공예품들은 이때부터 오사카의 동양도자미술관과 도쿄 민예관에 소장되었다.

한편 야나기에게 도예를 배우기 위해 일본에 왔던 영국의 도예가 버나드 리치Bernard Reach, 1887-1979가 그를 따라 경성에 왔다가 우리 달항아리를 보고 반해 한 점 사가지고 돌아갔다. 리치는 그 달항아리를 런던의 작업실에 간직했다. 항아리를 안고 비행기를 탈 때 행복을 안고 간다고 말했을 정도로 소중히 여겼다. 그러다 제2차 세계대전이 발발하고 런던에 폭격이 시작되자 항아리를 교외에 있는 제자의 작업실로 옮겼다. 항아리는 리치가 죽을 때까지 그곳에 있었다. 항아리의 마지막 주인이 된 리치의 제자가 바로 내가 본 사진 속의 노부인 루시 리Lucie Rie, 1902-1995이다.

먼 기억의 저편에 묻혀 있던 백자가 다시 나를 찾아온 것은 15년이란 세월이 흐른 뒤 이번에도 역시 타국에서였다. 2004년 교토를 여행하던 나는 일본 잡지에 소개된 조선 백자를 보고 홀연히 오래전 그 사진의 기억을 떠올렸다. 이 무렵 마침 나는 탈에 한창 몰두해 있었고, 그것을 통해 전통문화를 달리 바라보고 재해석하는 일에 관심을 기울이던 때였다.

당시 일본에서는 주부 대상 잡지나 인테리어 잡지에 백자가 자주 등장했다. 소박한 조선 목가구 위에 백자가 놓여 있는 것이 일본 인테리어 작가들에게 최고의 멋이었다. 이런 것을 지금까지 한국에서는 아무도 찍지 않았구나 생각하니, 내가 이것을 꼭 찍어야겠다는 생각이 들었다. 백자와의 첫 만남에서부터 걸린 긴 시간은 어쩌면 내가 백자의 멋을 알아보는 나이가 되는 데 필요한 시간이었는지도 모른다.

그해 교토 고려미술관을 시작으로 나는 오사카 동양도자미술관의 문을 두드리며 백자를 사진에 담기 시작했다. 동양도자미술관에서 어렵게 촬영 허가를 받아 백자를 촬영하던 중, 문득 그곳의 큐레이터에게 루시

리의 사진에 관한 이야기를 꺼냈다. 외교관 부인으로 추정되는 한 외국인이 한국에서 가져간 것 같은 커다란 달항아리 옆에 앉아 있는 사진을 본 적이 있다고. 그러자 큐레이터는 책장으로 가더니 도록을 한 권 가져와 펼쳤다. "혹시 이 사진 아닌가요?"

오랫동안 희미한 기억 속에만 존재했던 사진이 거기에 실재하고 있었다. 루시 리는 오스트리아 사람으로 생활도자기도 만들던 도예가였으며, 1989년에 동양도자미술관에서 전시회를 가졌다. 도록에는 루시 리가 전시한 작품 목록이 실려 있었다. 일본의 유명한 패션 디자이너 미야케 잇세이三宅一生, 1938-가 루시 리가 만든 도자기 단추를 이용해 그해에 일본에서 패션쇼를 열고 그녀를 초대했다. 나도 그때 일본에서 잡지에 실린 그 사진을 보았지만 당시 일본어를 몰랐기 때문에 정확한 내용은 기억에 남지 않았던 것이다.

루시 리가 세상을 떠난 지금 그 달항아리는 대영박물관에 소장되어 있다. 그녀가 죽을 때까지 간직했던 달항아리는 경매를 통해 한국관 컬렉션에 포함되었다. 2006년 나도 그곳에 가서 마침내 그 달항아리를 사진에 담았다. 자신이 태어난 곳을 떠나 이국땅에 머물러 있던 달항아리는 고향에서 온 사진가가 셔터를 눌렀을 때 잠시라도 구원의 순간을 맛보았을까.

백자를 다시 만난 2004년부터 세계의 주요한 백자 컬렉션을 찾아다니며 오랫동안 백자 촬영에 열중했다. 탈과 마찬가지로 도록이나 박물관 안내

〈백자〉 시리즈. 런던 대영박물관 소장. 2006

위 \ 〈백자〉 시리즈. 서울 리움미술관 소장. 2005
아래 \ 〈백자〉 시리즈. 오사카 시립동양도자미술관 소장. 2005

서에서는 찾을 수 없는, 나에게만 살결을 드러내 보여 주는 백자의 모습을 잡아내고 싶었다. 색상과 무늬가 화려한 청자에 비해 백자는 덤덤하지만 그 수수한 멋 속에 드러나지 않는 아름다움을 간직하고 있다. 처음에 내 마음을 끌었던 루시 리의 백자도 시간의 흐름을 반영하듯 닳고 여기저기 긁힌 흔적이 많았지만 나는 그것이 우리의 자화상 같아서 오히려 좋았다. 언제 깨질지 모르는 운명을 안은 채 몇 백 년의 세월을 견디고 살아남은 백자에 새겨진 스크래치는 우리가 삶에서 얻은 상처처럼 느껴졌다. 삶은 상처의 연속이기에, 다행히 깊은 균열은 없다 해도 우리는 모두 소소한 스크래치를 안고 살지 않는가.

그러나 대부분 박물관과 미술관에 유물로 소장되어 있는 백자를 촬영하는 작업은 쉽지 않았다. 우선 접근 자체가 어려웠다. 내가 처음으로 찍은 백자는 교토 고려미술관에서 열린 조선 백자전에 전시된 작품들이다. 미술관 측은 전시를 마치고 작품을 철수할 때 사진을 찍어도 좋다고 허락했다. 전시회가 끝나는 날은 마침 성탄 전야였다. 그날 작품을 철수하느라 어수선한 분위기의 미술관에서 어렵게 백자들을 촬영했다. 그리고 그 결과물을 동양도자미술관으로 보내 그곳 백자들의 촬영 가능성을 타진했다.

오사카 동양도자미술관은 전 세계 도예가와 컬렉션에 미치는 영향력이 막강한 권위 있는 미술관이다. 이곳은 현재 가장 방대한 양의 한국 도자기를 소장하고 있는 것으로도 유명한데 컬렉션의 대부분은 1999년 이병창李秉昌, 1915-2005 박사의 기부로 이루어졌다. 재일교포 출신 도자기 수집가인 이병창 박사는 동양도자미술관이 그의 컬렉션을 잘 보관해 줄 것이라는 믿음과 한일 양국 간의 우호를 다지는 데 이바지하고자 하는 마음으로 기부를 결정했다고 한다. 내가 초반부터 이렇게 문턱이 높은 문을 두드린 까닭은, 이곳에서 작품을 촬영했다고 하면 다른 미술관에서도 두말없이 허락할 터였기 때문이다.

오랜 기다림 끝에 관장과의 면담이 이루어졌다. 이토 관장은 고려미술관에서 찍은 내 사진을 눈여겨보더니 박물관에서 제작한 조선 백자 카탈로그를 보여 주며 물었다. "이 가운데 구 선생이 찍고 싶은 것은 무엇입니까?"

나는 순간 긴장했다. 혹시 잘못 말해서 안목이 없다고 거절당하지는 않을까 염려되지 않을 수 없었다. 그런데 조심스레 몇 가지를 짚었더니 뜻밖의 대답이 돌아왔다. "좋습니다. 며칠이 걸려도 좋으니 내일부터 전체 백자 컬렉션을 다 한번 보십시오. 그런 다음에 어떤 도자기를 촬영하고 싶은지 결정하십시오."

그렇게 이루어진 나흘간의 촬영 기간은 내 온 정신을 집중한 소중한 시간이었다. 약사처럼 하얀 가운을 입은 큐레이터는 숭고한 의식을 치르듯 백자가 들어 있는 오동나무 상자를 두 손으로 들고 와 바닥에 무릎을 꿇고 도자기를 꺼내 놓았다. 문화재에 대한 그들의 깊은 사랑과 경건한 태도는 나를 감동시켰다. 나 역시 몇 백 년이라는 세월을 버티며 깨어지 않고 이렇게 내 앞에 놓인 백자들을 바라보며 뭉클함을 느꼈다.

모든 예술품에는 만든 사람의 독특한 혼이 담겨 있다고 생각한다. 많은 도자사 연구자들이 서술해 왔듯이 조선시대의 백자는 아름답게 표현하려는 욕망을 절제하고, 마음을 비워 무욕의 아름다움을 성취한 놀라운 작품이다. 바로 그 무욕의 마음을 사진으로 표현한다는 것은 쉬운 일이 아니었다. 사진이 가지는 사실적이고 기계적인 특성과 백자가 빚어내는 자연스러움은 좀처럼 서로를 받아들이지 않았다. 백자의 투박하면서도 부드러운 질감과 간결하면서도 기품 있는 선을 어떻게 표현하면 좋을까, 그리고 내가 이 작업을 통해 보여 주고 싶은 바는 무엇인가에 대해 끝없이 질문하고 고심했다.

결론적으로 내가 얻은 답은 백자의 외형적 형태보다는 그것의 내면에 흐르는 깊고도 단아한 감성을 파고들자는 것이었다. 나는 백자를 단순한 도자기가 아닌 혼을 지닌 것으로 여기고 마치 인물을 찍듯이 촬영하였다. 한번은 큐레이터가 잠시 자리를 비운 사이 백자를 가슴에 꼭 끌어안고 속삭였다. “어쩌다 네가 여기까지 왔느냐……. 네 영혼을 사진에 담고 싶으니 너도 꼭 응해야 한다!”

예전에 경복궁을 중건한 대목장은 숲에 가서 금강송을 베어 낼 때면 도끼를 내리치기 전에 “어명이요!” 하고 외쳤다고 한다. 비록 베이는 운명이 되었으나 궁궐에 들어갈 목재이니 그 뜻을 알아 달라고 나무에 기원했던 것처럼, 나도 백자들이 내 필름에 그들의 영혼을 비쳐 주기를 기도했다.

동양도자미술관에서 촬영을 마친 후 한국에 돌아와 국립중앙박물관, 삼성 호암미술관, 호림미술관 등에서도 촬영을 할 수 있었다. 이후 대영박물관, 뉴욕 메트로폴리탄 박물관, 샌프란시스코 아시아 미술관 등 세

도쿄 민예관에서 촬영하던 중 도자기의 온기를 느끼려는 시도. 2005

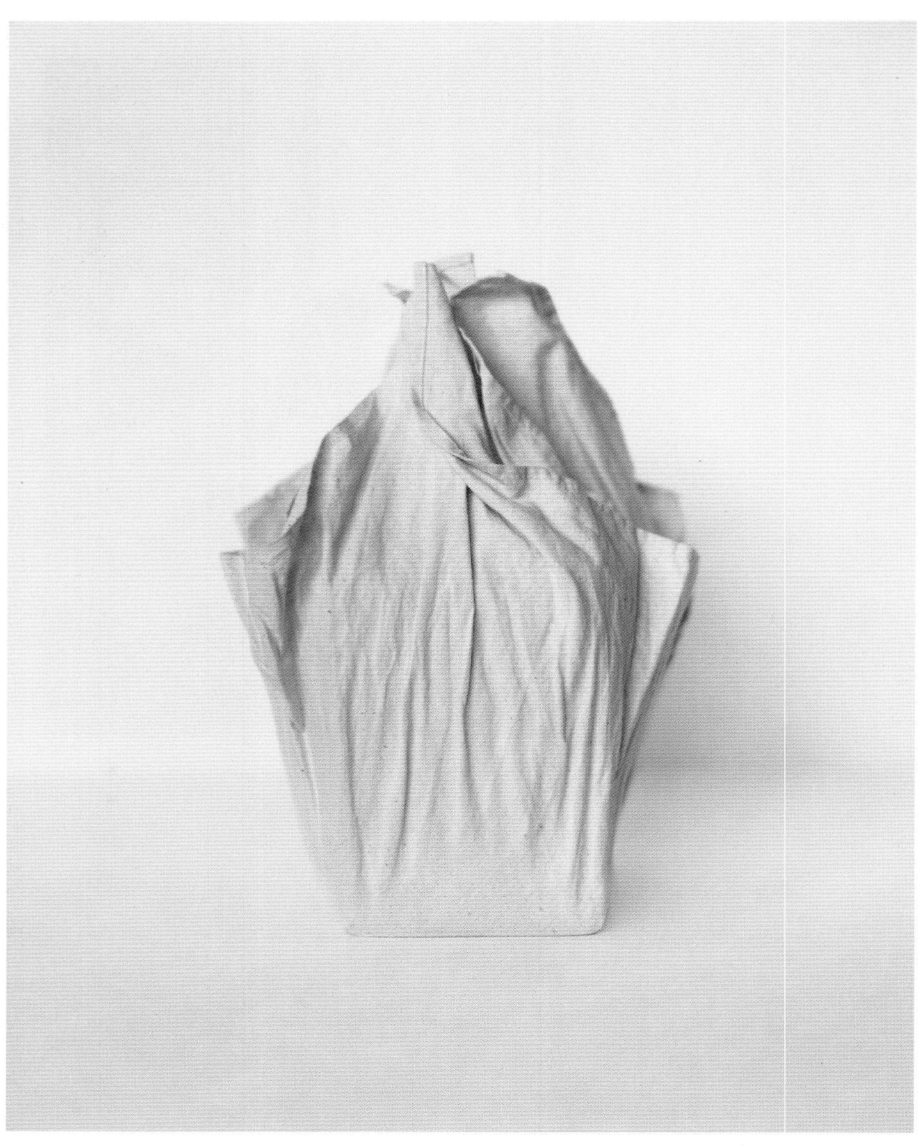

〈백자〉 시리즈. 오사카 시립동양도자미술관 소장. 2006

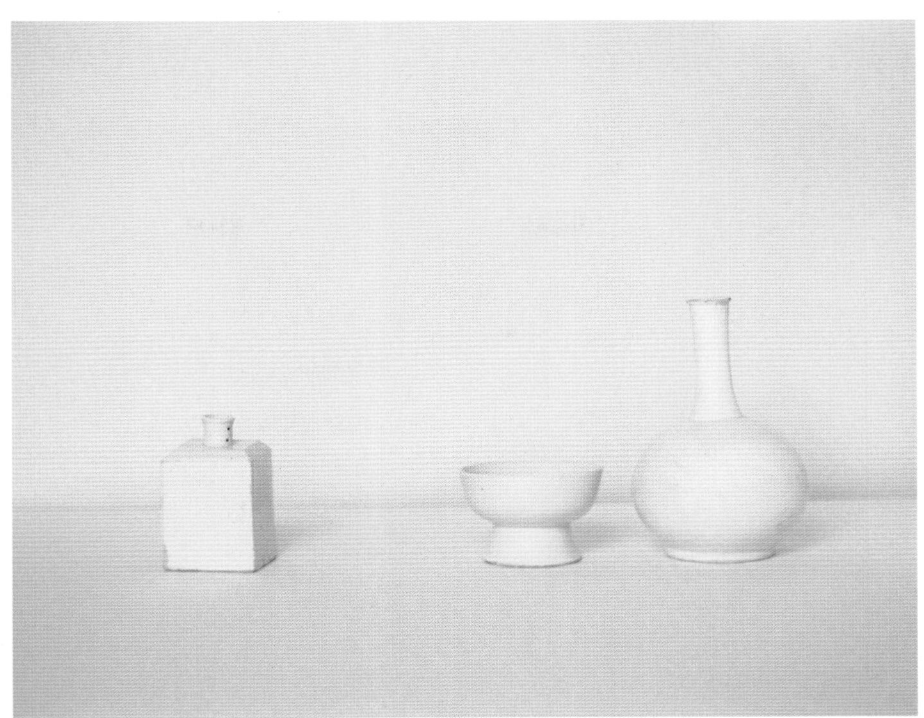

〈백자〉 시리즈. 샌프란시스코 아시아 미술관 소장. 2011

〈백자〉 시리즈. 서울 리움미술관 소장. 2005

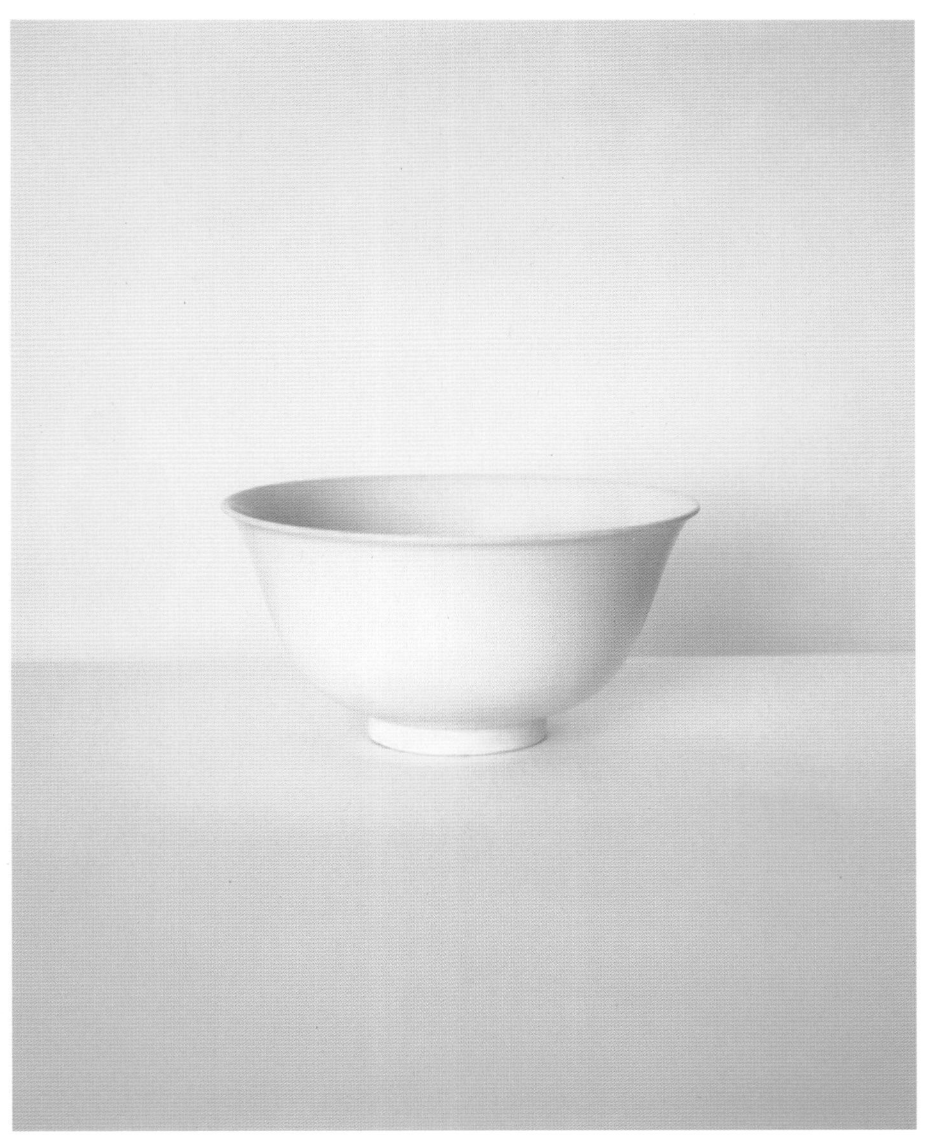

〈백자〉 시리즈. 교토 고려미술관 소장. 2004

〈백자〉 시리즈 전시. 국제 갤러리. 2006

〈백자〉 시리즈 전시 오프닝. 필라델피아 박물관. 2010

계 곳곳에 흩어져 있는 조선 백자들을 찾아갔다. 촬영을 하기 위해서는 복잡한 절차와 긴 기다림을 거쳐야 했지만, 박물관의 수장고에서 혹은 유리장 속에서 숨을 죽이고 수줍은 듯 기다리는 백자들을 만나러 가는 길은 늘 흥분이 앞섰다. 쉽게 접할 수 없는 외국의 여러 박물관에서 우리 민족의 숨결을 머금고 여유로운 빛을 발하는 문화유산을 보며 자랑스러움을 느끼기도 하였다.

나는 백자가 단순한 도자기 이상의 혼을 가진 그릇으로서, 우리의 마음을 담을 수 있고 만든 이의 마음을 담을 수 있는 용기로서 보여지기를 기대한다. 촬영을 하면서 백자가 지닌 아름다움을 가까이 접하는 것 자체만으로도 큰 즐거움을 맛보았다. 조선시대 장인들의 멋스러운 절제의 흔적을 발견하는 매순간이 감동이었고, 백자 하나하나가 오래전 살다 간 조선시대 인물들처럼 느껴져 애틋하고 반가웠다. 세계의 박물관에 흩어진 우리 백자들을 찾아 떠났던 긴 여행을 마친 지금, 잃어버렸다고 생각했던 백자들이 바로 옆에서 숨 쉬고 있는 것처럼 느껴지는 것은 그 때문이리라.

14

비어 있기에 아름답다

이사한 뒤 치우지 않고 오랫동안 여기저기에 쌓아 두었던 상자들을 정리하다 그중 한 상자에 작은 옷핀이 들어 있는 것을 발견했다. 모서리에 쌓여 있는 먼지의 켜와, 하잘것없는 옷핀의 모습이 마음에 들었다. 먼지는 환영받지 못하는 존재로 쓸려서 버려지는 것이 운명이다. 또 납작한 옷핀은 무언가 굵직한 물건들의 틈새로 새버렸거나 빠진 것일 텐데, 그렇게 되었다 해도 아무도 안타까워하지 않을 것 같은 모습이었다.
그 상자에는 분명히 먼지와 옷핀이 있는데도, 이삿짐을 나르는 사람들에게 그것은 그저 '빈 상자'였을 뿐이다.

한 예술가가 그의 일생을 통해 다루는 소재나 테마는 보통 시간의 흐름과 함께 꾸준히 변화하고 발전하게 마련이다. 하지만 그 가운데는 작가마다 유독 집착하는 주제라는 것도 존재한다. 그런 것들은 작가의 원형적인 감성을 건드려 다양하게 변주되면서 오랫동안 그의 작품들 속에 흔적을 남긴다. 나에게는 '공간'과 '그릇'이나 '상자'처럼 '무언가를 담는 것'이 바로 그러한 주제에 해당한다.

사물이 빠져나간 자리, 비어 있지만 채워져 있는 존재감, 무언가 있었지만 지금은 사라진 듯한 느낌, 세월의 더께를 짙게 드리우고 그것을 담고 있는 그릇. 나는 이런 것들에 집착한다. 담겨 있던 존재의 온기와 흔적을 감싸 안은 채 마치 숨 쉬고 땀 흘리는 인간의 피부처럼 자신만의 체취를 지니고 있는 그 공간과 그릇들은 내가 항상 추구해 온 '사소하고 일상적이며 사라져 가는 아름다움'을 보여 주는 대표적인 주제이다.

2003년 여름, 청담동의 어느 건물 앞을 지나다 우연히 그 건물의 빈 차고에 눈길이 갔다. 시멘트를 바른 벽과 천장에 흰색 계열의 페인트가 얼룩덜룩 칠해져 있는 낡은 차고일 뿐인데, 그 텅 빈 내부가 묘한 공간감을 자아내고 있었다. 하필 드물게도 그날 카메라를 지니고 있지 않았던데다 이튿날부터 해외출장 일정이 잡혀 있었다. 우물쭈물하다가는 기회를 놓쳐 버릴 상황이라 근처에 스튜디오를 가진 사진가 김용호에게 전화를 걸었다.

김 작가는 외출 중이었지만 조수에게 이야기를 해둘 테니 스튜디오에 가서 카메라를 빌려 가라고 했다. 나는 그곳에서 중형 카메라를 빌려와 불과 30분 만에 나란히 붙어 있는 세 개의 공간을 촬영하였다. 타인의 카메라로 촬영을 하자니 어색한 느낌도 들었지만 일단 필름에 담았다는 안도감이 컸다. 다음 날 해외로 떠났다가 며칠 후에 돌아와 현상된 필름을 받아 드니 행복한 기분이 들었다.

하지만 촬영 당시 대형 카메라를 사용하지 못한 아쉬움이 남아서 내 카메라를 들고 다시 그곳을 찾았다. 그런데 전과는 달리 차고에는 차들이 꽉 차 있었다. 주인에게 사정을 이야기하고 간신히 차를 뺀 후 촬영은 할 수 있었지만 장마철이 지나는 동안 차고의 모습은 달라져 있었다. 벽과 천장에는 곰팡이가 피기 시작했고 바닥에는 물기가 흥건했다. 그 모습도 인상적이긴 했지만, 내가 며칠 전에 촬영한 사진과 비슷한 느낌을 담을 수 없다는 사실이 못내 아쉬웠다. 완전히 똑같은 사진을 다시 촬영한다는 것은 불가능하며 어떤 찰나를 놓치면 다시는 붙잡을 수 없다는 사진의 진리를 다시 한 번 확인한 순간이기도 했다.

이 시리즈, 〈인테리어〉 연작을 촬영하는 동안 빈 공간에 대해 많은 생각을 하게 되었다. 뚜껑을 덮으면 어둠 속으로 잠겨 드는 상자의 형태를 응시하면서 이 얼마나 은밀한 비밀이 숨기 편한 곳인가 감탄하기도 하고, 꽉

〈인테리어〉 시리즈. 2003

〈인테리어〉 시리즈. 2004

짜인 사면의 벽이 튼튼한 방어벽 같다는 생각이 스치기도 하였다. 아무것도 없는 듯 텅 빈 공간이라 해도 시간과 대결하며 버티는 존재감이 충만했다. 신기한 것은 빈 공간과 카메라가 마치 숨은 공모자들 같았다는 점이다. 작은 상자 하나가 한없이 깊은 공간으로 탈바꿈하기도 하고, 빈 차고가 갑자기 크기를 가늠할 수 없는 대상으로 변하는 것을 보는 일은 흥미로운 작업이었다.

시각예술에서 공간이란 대체로 어떤 대상물을 품은 배경으로서 존재해 왔다. 그러니 존재했던 '오브제'가 사라진 공간의 내부를 사진에 담는다면, 내가 찍은 것은 '오브제의 부재'라고 말할 수도 있을 것이다. 그러나 나는 머물렀던 오브제가 남기고 간 흔적을 감싸 안은 공간 그 자체의 체취에 매혹되었고, 공간의 안쪽을 어루만지고 싶었다. 대상물의 존재감을 찾기 위해서는 항상 경계와 그를 감싸고 있는 배경을 관찰하라고 강조했던 그 옛날 뷔어만 교수의 드로잉 수업을 들으며 그 존재감을 찾기 위해 무수한 시간을 바쳤던 기억과 함께 이 과제는 내게 여전히 진행형의 숙제로 남아 있다.

나를 매혹시키는 빈 상자들은 이밖에도 일상에 다양한 형태로 존재한다. 〈인테리어〉 시리즈에서 다룬 것처럼 큰 공간이 있는가 하면 작고 실용적인 사물들도 있다. 은수저 함이나 군인들의 견장을 넣는 통같이 상자 형태도 있고 흙으로 구운 그릇도 있으며 얇은 파일이나 봉투도 포함된다. 구두 통이나 초콜릿 통에 무언가를 담아 두고 아꼈던 어린 시절의 애착이 자연스럽게 내 작업 곳곳에 녹아들었다. 궁극적으로 〈백자〉 시리즈도 이러한 원형적 그리움의 반영이라 할 수 있다. 작업이 시작된 직접적인 계기들 속에는 결국 오랜 시간 쌓여 온 지속적인 관심이 녹아 있는 것이다.

2006년 일본에서 발간된 나의 책 『백자』와 『비누-일상의 보석』을 디자인했던 야마구치 노부히로山口信博는 나와 이러한 관심사를 공유한 사람이었다. "이렇듯 유난스런 상자에 대한 감각을, 나 이외에 구본창도 함께 공유하고 있을 것이라 확신할 수 있다는 점에서, 아마 구본창과 나는 조상님이 같을 수도 있겠다는 생각을 해본다." 이렇게 말했던 그와 2011년 신세계 갤러리에서 함께 전시회를 열었다. 그는 한 권의 책을 디자인 하면서 갖게 된 다양한 생각과 과정 그리고 책의 내용에 등장하는 수집품을 다시 하나의 상자 속에 담아 한 권의 책 이상의 오브제를 만들어 냈고, 나는 그의 상자 속 이야기를 다시 사진으로 표현하였다.

이 전시에서 특히 재미있었던 것이 봉투 컬렉션이다. 이 무수한 봉투들은 원래 목수였던 일본의 한 할아버지가 은퇴 후 소일거리로 접은 것이다. 집으로 날아오는 광고지로 명상하듯이 하루하루 계속 접은 수백 장의 봉투들을 할아버지가 죽고 난 후 손녀딸이 발견했다. 모두 다른 종이로 접은 것이 오히려 봉투에 매력을 더해 주었고, 그것들은 야마구치 노부히로가 디자인한 한 권의 책이 되었다.

가장 최근에 나를 사로잡고 있는 대상은 '곱돌'이다. 백자와 정반대로 새까만 이 그릇들은 야나기 무네요시가 설립한 민예관의 소장품들이다. 도쿄

〈책과 사물〉 전시. 서울 신세계 갤러리. 2011

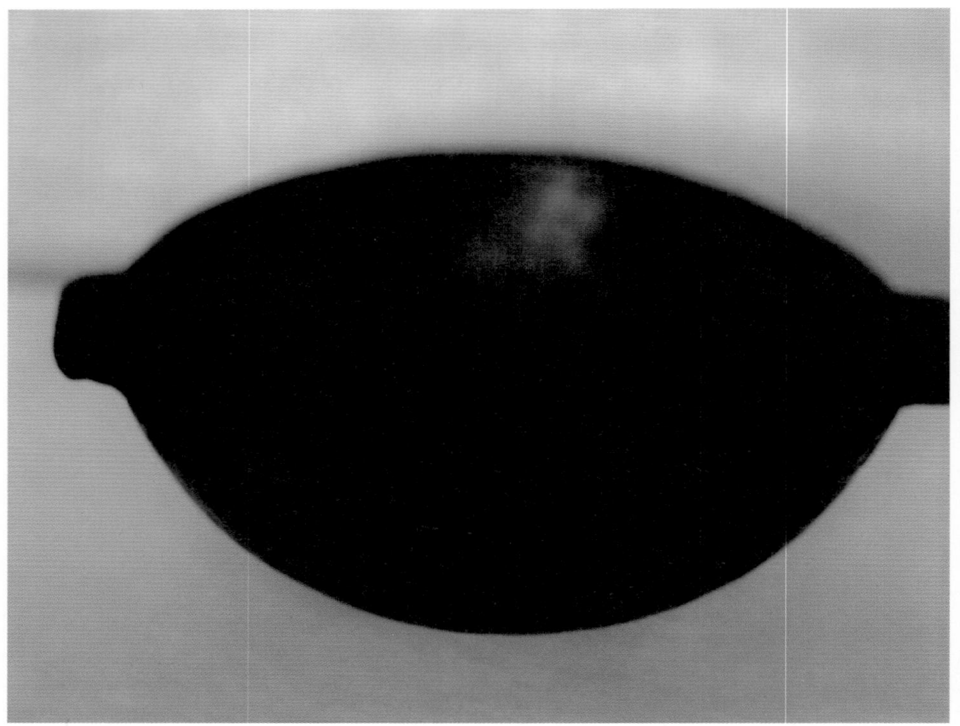

〈곱돌〉 시리즈. 도쿄 민예관 소장. 2007

〈곱돌〉 시리즈. 도쿄 민예관 소장. 2007

에 갔다가 민예관 카탈로그에서 이 아름다운 그릇들을 발견하고 깜짝 놀랐다. 한국인 중에는 아직 나 외에 이 그릇들을 작품으로 촬영한 사람이 없다. 민예관에서 한국 사람에게 촬영을 허가한 것은 처음이라 하였고, 나 역시 몇 장 공개했을 뿐 아직 정식으로 전시는 하지 않은 작품이다.

백자가 흙을 빚은 그릇이라면 곱돌은 돌을 깎은 그릇으로, 시기적으로 조선 말기의 것이다. 재료가 돌이라 다루기 어렵다 보니 더욱 간결한 아름다움을 가지게 된 곱돌은 지금까지 우리가 보아 온 한국의 형태와는 느낌이 많이 다르다. 투박한 전통적인 맛이 있는 것이 대부분이지만 일부 소품 중에는 옛날 궁중에서 공주가 소꿉장난을 하던 그릇 같다는 상상을 불러일으키는 작은 찻주전자도 있다. 그 작품들의 간결한 형태는 마치 독일의 바우하우스 시대의 작품을 보는 듯 현대적이다. 이 곱돌은 우리가 잊고 있던 한국의 옛 형태에 관한 새로운 이야기를 들려줄 것이다.

〈백자〉 시리즈를 완결해 가고 있을 즈음에 또 다시 이국땅에서 구원을 바라는 우리 그릇을 만난 것은 과연 우연일까? 이제 내게 이 주제는 놓을 수 없는 운명과도 같다. 쉽게 깨질 것 같은 백자와 상반된, 투박하고도 정갈한 곱돌 속에 감춰진 이야기는 어떤 것일지, 나는 지금 기다리고 있다.

15

상흔 傷痕

이 난간은 어디로 향한 난간일까?

누가 짚고 지나가라는 난간일까?

경복궁 동쪽 옆길을 따라 화랑들이 있다 보니 사간동에서 삼청동에 이르는 그 지역을 종종 찾게 된다. 일을 마치고 나면 때때로 경복궁에 들러 도시 속의 한적함을 즐기기도 한다. 그러나 경복궁에 들어서면 옛 건축의 아름다움에 젖어드는 만큼이나 역사의 아픈 상처가 마음 한구석을 찔러오는 느낌을 받곤 한다. 궁궐을 소실시켰던 임진왜란의 화재와 조선 말 명성황후 시해 사건의 현장이니 어쩔 수가 없다. 명성황후가 난을 당한 건청궁에 이르면 궁중 깊이 난입한 일제 낭인 패거리의 흉포한 모습과 경황없이 피신하는 궁녀들의 모습이 눈에 보이는 듯하다.

경복궁 정전正殿인 근정전 앞에 식민지 시대의 잔재로 버티고 서 있던 중앙청은 광복 50주년이던 1995년에 철거되었고, 1960년대의 궁핍한 경제 여건으로 인해 졸속으로 재건되었던 광화문도 2006년부터 다시 복원 공사에 들어가 2010년 광복절에 그 모습을 드러내었다. 아직 광화문 공사가 진행 중이던 2010년, 나는 국립고궁박물관을 방문하기 위해 경복궁을 찾았다. 궁 안에서는 일제에 의해 훼손되었던 경복궁을 건립 당시의 모습으로 되돌려 놓기 위한 복원 공사가 한창이었다.

화려하게 단장 중인 전각을 지나 무심코 박물관으로 향하는데, 낯선 풍경이 눈에 띄었다. 땅바닥에 덩그마니 놓여 있는 계단 토막이었다. 주위를 살펴보니 계단뿐만이 아니라 고건축의 추녀와 천장 등 여러 부분들이 마치 칼로 썬 듯 토막 난 모습으로 콘크리트의 속살을 드러낸 채 나뒹굴고 있었다. 겉모습은 영락없이 나무로 된 단청이지만, 옆에서 보면 콘크리트의 재질이 드러난 옛날 광화문의 부재部材들이었다.

원래는 목조 건축이었던 광화문의 문루門樓를 비용 문제 때문에 콘크리트로 복원해야 했을 만큼 1960년대는 경제적으로 어려운 시기였다. 그러나 그것과는 별개로 내 눈에는 해체되어 놓여 있는 부재들이 또 다른 의미로 다가왔다. 광화문의 원형을 제대로 복원하지 못했다는 이유로 처참히 토막 난 그 모습이 오늘날 단절된 우리의 전통이 처한 서글픈 현실을 보여 주는 듯했던 것이다. 이 모습을 기록으로 남기고 싶어 여러 번 시도한 끝에 어두워질 무렵 조명을 이용해 촬영하였다.

콘크리트 광화문이 만들어진 시기는 1960년대이지만, 해체된 조각들이 놓여 있는 모습은 마치 조선 왕조의 명운이 다해 갈 무렵인 구한말을 보여 주는 것 같았다. 경복궁을 거닐 때면 생각나던 아픈 역사가 토막 난 계단과 추녀에 담겨 지금도 가끔씩 그 모습이 어른거린다.

경복궁. 2010

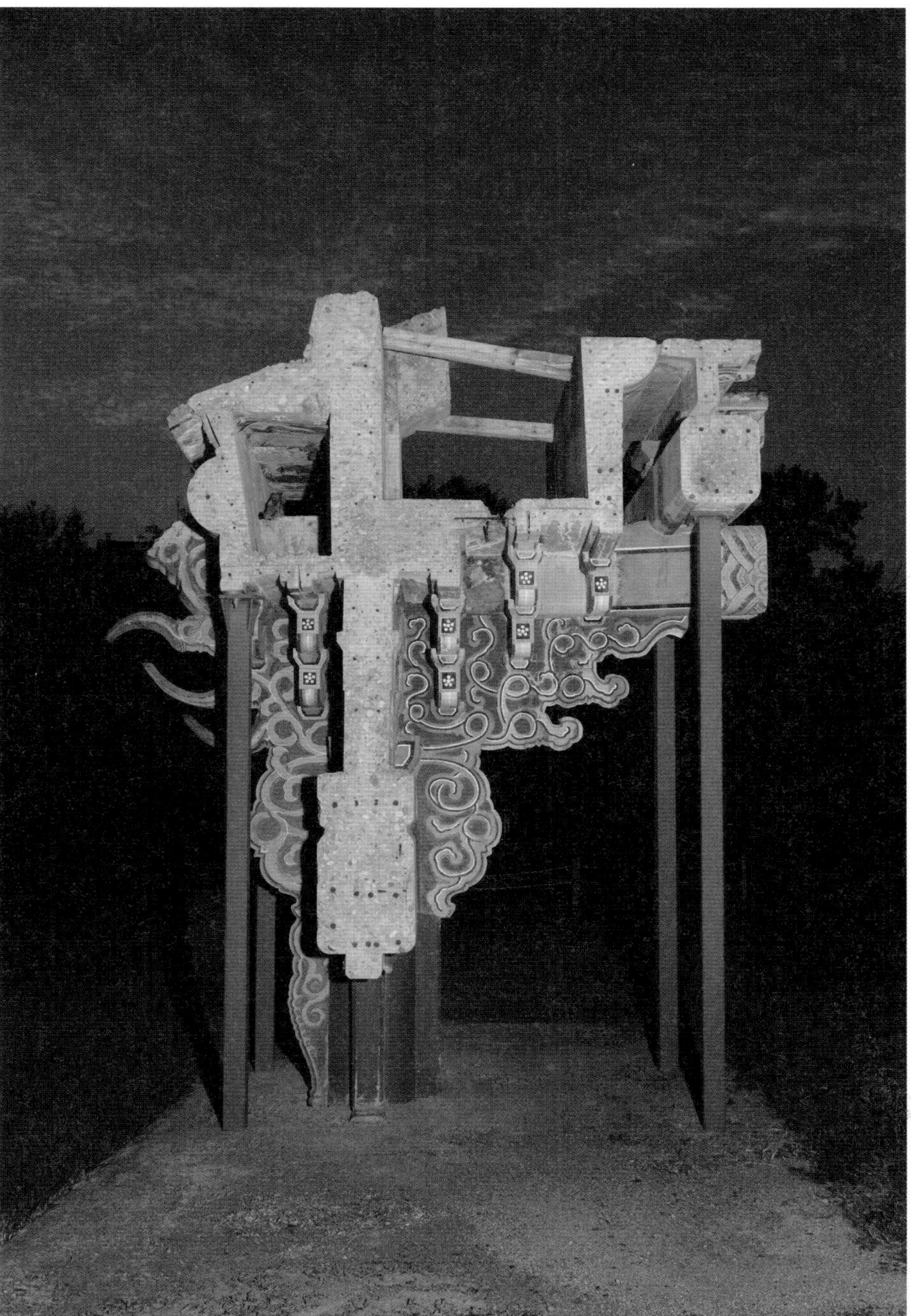

인간의 역사에 남아 있는 상흔 가운데 가장 처참한 것은 바로 전쟁이다. 전쟁이 인간에게 남기는 상처는 그 어떤 재해가 남기는 상처보다 크고 깊다. 집단 간의 증오와 갈등이 가장 격렬한 형태로 나타나는 것이 전쟁이며, 그로 인해 가장 크게 고통 받는 것은 힘없는 사람들이다. 전쟁의 와중에서 자신을 보호할 수단이 없는 그들은 죽음과 부상과 이산離散이라는 비극에 속수무책으로 휩쓸린다.

2010년 6.25 전쟁 발발 60주년을 계기로 국방부로부터 특별한 요청을 받았다. 사진가의 눈으로 6.25 전쟁의 상흔을 기록해 달라는 요청이었다. 어떤 작업을 해야 할지 고민하면서 용산에 위치한 전쟁기념관을 찾았다. 전시되어 있는 수많은 유품들은 그 당시 전쟁의 참혹함을 간직한 채 진열장 안에서 침묵하고 있었다.

전쟁의 참상을 표현하는 데에는 여러 방법이 있을 수 있다. 처절한 전투 장면을 연출해 보여 줄 수도 있고, 부상당한 병사나 파괴된 도시로 보여 줄 수도 있다. 그러나 나는 전쟁을 시간의 무게와 더불어 보여 주고 싶었다. 그래서 평소 내 작업 방식과도 부합하는 전쟁과 관련된 오브제를 촬영하기로 했다.

전쟁기념관에서 촬영한 오브제는 크게 두 종류로 나눌 수 있다. 하나는 6.25 전쟁 당시에 쓰였던 총탄, 단검, 지뢰 등 살상 무기이고, 다른 하나는 참전 군인이 직접 착용하거나 사용했던 철모, 군화, 허리띠 등 유품이다. 총성과 비명이 터지는 현장에 있었을 이 오브제들을 어떤 색감으로 찍을 때 내가 의도한 분위기가 가장 잘 살아날지 많은 고민을 했다. 붉은

색, 베이지색 등 여러 빛깔의 천을 바꿔 가며 탐구한 끝에 회색이 최적의 색감이라고 판단하였다.

내가 찍은 오브제들은 잿빛 배경 앞에서 침묵을 지키고 있다. 날이 무뎌진 단검은 얼마나 많은 사람의 목숨을 앗아갔고 얼마나 많은 사람에게 상처를 입혔는지 말해 주지 않으며, 흠집투성이 안경은 전쟁에 동원된 어린 학도병의 얼굴을 떠올리게 하지만 그 주인이 누구이며 어떤 사연에 휘말렸는지는 알 도리가 없다. 부러진 숟가락처럼 과거의 전쟁과 현재의 우리 사이는 단절되어 있기 때문이다. 시간이 흐르면 모든 것은 파괴되고 기억은 바스라진다. 박물관의 유품들은 망각에 저항하는 것처럼 보이지만 실상 그들의 본성은 침묵이지 저항이 아니다. 나는 바로 그 침묵을 사진에 담고 싶었다. 총격과 폭파와 비명이 소용돌이치는 현장에 있던 물건들이 지금은 굳게 침묵하고 있는 모습을 통해 전쟁의 공포와 비극을 되새겨 보려 하였다. 큰 소리의 아픔이 아닌 마음속으로 삭힌 처절함을 보여 주고자 한 것이다.

유품 중에는 편지도 한 통 있었다. 전장의 아들이 어머니를 향해 써내려갔지만 수신인을 찾아가지 못한 편지였다. 누렇게 바랜 편지지를 조심스럽게 펼쳐 보니 '어머님 전상서'로 시작하는 가슴 아픈 사연이 들어 있었다. 그 편지를 읽으면서 혹시라도 6.25 전쟁 중에 아들을 잃은 어머니가 어딘가에 살아 계시지 않을까 궁금해졌다. 수소문 끝에 대구 지역에 살고 있는 박외연 할머니를 찾았다. 얼굴에 패인 깊은 골마다 아들을 향한 그리움이 배어 있는 101세의 어머니는 아직도 아들이 언젠가는 활짝 웃으

〈침묵의 무기〉 시리즈. 2010

〈침묵의 무기〉 시리즈, 2010

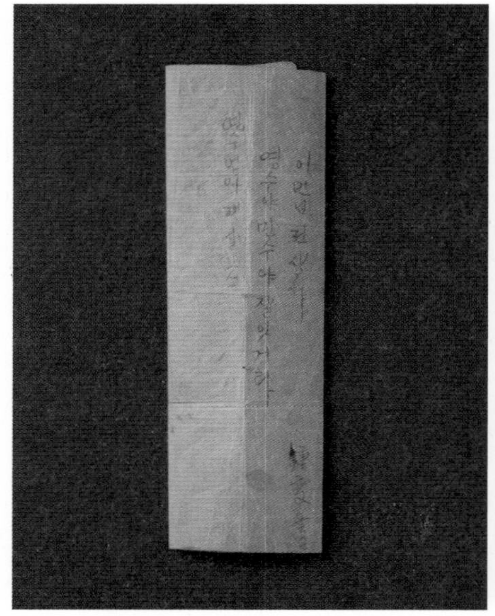

왼쪽 \ 〈침묵의 무기〉 시리즈. 1953년 4월 12일 강원도 금화지구 전투에서 전사한 故김종섭 하사가 전쟁터에서 어머니에게 보낸 편지. 2010

오른쪽 \ 〈침묵의 무기〉 시리즈. 6.25 당시 아들이 전사한 101세 박외연 할머니. 2010

며 대문을 들어설 것이라고 믿고 있었다.

나는 그분의 초상을 사진에 담으면서 새로운 계획을 세웠다. 앞으로 우리나라뿐 아니라 세계 곳곳을 방문하여 어머니들을 찍을 계획이다. 전쟁터에서 돌아오지 못하는 자식을 가진 어머니들, 그분들의 얼굴이야말로 가장 처절한 역사의 상흔이기 때문이다.

16

내 마음속의 폴더들

다산 정약용은 생전에 방대한 양의 책을 저술했다.
너무 다작을 해서 가치가 없다고 비판하는 사람이 있을 정도였다.
어떻게 그렇게 많은 책을 쓸 수 있었나 궁금해서 찾아보니
다산은 한 가지 일을 하면서 나온 여러 정보를 분류해서
저장했다고 한다. 다른 분야의 책을 쓸 때는 예전에 저장한
내용 중에서 관련이 있는 부분을 찾아서 사용했다.
그 결과 빠르게 책을 쓸 수 있었다.

사진을 잘 찍는다는 것은 피사체에 관해 그만큼 잘 알고 있다는 뜻이기도 하다. 연극배우를 찍는 사진가가 연극에 관해 전혀 모르면 배우를 이해할 수 없고, 배우를 이해하지 못하면 제대로 된 사진이 나올 수 없다. 그 배우가 그동안 어떤 배역을 맡았는지, 어떤 톤의 목소리를 가졌는지, 주목할 만한 연기의 포인트는 무엇인지, 촬영을 하기 전에 미리 정보를 수집하고 연구하면서 파악해 놓아야 한다. 전통 탈을 찍을 때 미리 탈에 대한 자료를 준비해 뒀다면 사전지식 없이 탈을 접한 사람보다 몇 배의 능력을 발휘할 수 있다.

학생 시절 독일에서의 수업은 주로 한 주제를 깊이 파고드는 연작 위주의 작업이었는데, 그 목적은 우연히 잘 찍은 한 장의 사진을 인정하는 것이 아니라 얼마나 그 주제를 깊이 연구하고 자신의 것으로 소화했는지를 보는 것이었다. 반짝 눈에 띄는 작품을 내놓기보다 꾸준히 준비하고 시도하여 좋은 결과물을 내는 학생들이 더 칭찬을 받았다. 더 이상 교수에게 주제를 부여받는 학생도 아닌 프로 사진가는 스스로 주제를 정하는 것부터가 작업의 시작이다. 그러니 좋은 사진을 찍고 싶다면 평소에 정보를 많이 쌓아 두는 것이 중요하다. 무엇을 찍을 것인지 결정하고, 그에 맞는 자료를 모으기 위해 사진가는 항상 세상에 눈과 귀를 열어 두어야 한다.

소설가 무라카미 하루키村上春樹, 1949- 는 "내 마음속에는 수많은 서랍이 있다"고 말한 바 있다. 작품을 쓸 때 서랍에서 물건을 꺼내듯 모아 둔 소재들을 하나씩 꺼낸다는 뜻이다. 그 말을 들었을 때 나와 비슷한 생각을 하는 사람이 또 있구나 싶었다. 나 역시 사진을 찍을 때 그와 유사한 방식을 활용한다. 컴퓨터의 파일들이 수많은 폴더에 나누어 담겨 있듯이 내 머릿 속에는 여러 개의 폴더가 있다. 그 안에는 언젠가 작업할 대여섯 가지 주제의 아이디어와 그를 위한 자료들이 세분화되어 담겨 있다. 그래서 다산茶山이 그랬던 것처럼 한 가지 작품을 하는 동안 발견하는 새로운 주제와 아이디어들을 그때그때 스크랩하고 연구하면서 다음 작업들을 같이 구상했다가, 한 주제와 타이밍이 맞아떨어지는 순간 다시 그것으로 새로운 작업을 시작하는 것이다.

내가 새로운 주제의 소스로 주로 활용하는 것은 평소에 보는 신문이나 잡지의 토막소식들일 때가 많다. 〈굿바이 파라다이스〉는 석주명 박사에 관한 신문기사를 읽은 것이 발단이었고, 〈백자〉 역시 오래전에 보았던 한 장의 사진과 일본 잡지에서 발견한 백자에 관한 기사에서 시작되었다. 이렇게 언론 매체를 통해 얻은 정보 가운데 중요한 것들을 마음속 폴더에 넣어 두었다가 관련 있는 작업을 할 때 꺼내서 사용한다. 미술이나 건축, 패션, 영화 같은 문화 관련 정보는 물론이고 사람 사는 이야기에도 관심이 많아 사건사고 뉴스도 유심히 살펴본다.

그래서 내 작업실에는 책과 기사 스크랩이 늘 한가득이다. 틈틈이 모았던 자료들을 주로 연휴 기간에 다시 꺼내 보면서 제목을 붙여 박스에 분류하곤 한다. 단지 아름다운 사물에 대한 관심이 아니라 스토리와 히스토리에 귀를 열어 두고 사는 것, 그것이 지금까지 계속 새로운 주제를 발견하면서 작업을 지속하게 한 힘이 아니었나 생각한다.

30여 년 사진을 찍다 보니 이제는 나의 일이 단지 사진을 찍는 것으로 끝나지 않을 때가 많다. 전시를 기획하고, 출판을 하고, 학생들을 가르치고, 비엔날레 같은 행사를 감독하는 와중에 새로운 주제를 찾아 다시 작업에 집중하려면 '끊임없이 정보를 관리하고 재구성하면서 멀티플레이로 작업하는 것'이 기본이 되지 않을 수 없다. 이를 위한 자질로 내가 연마해 온 두 가지가 바로 '채널 전환'과 '에디팅' 능력이다.

채널 전환이란 한 가지 모드에서 다음 모드로 쉽게 이동을 한다는 뜻이다. 나는 극도의 집중력을 발휘하여 여러 가지 일을 동시다발적으로 진행하는 데 익숙하다. 시간을 단축하기 위해서는 현실적으로 그것밖에 방법이 없기 때문이기도 하다. 한 장소를 떠나기 2분 전에 다음 할 일을 생각하고, 다음 장소에서는 전에 하던 일을 완전히 잊고 바로 새 일에 몰입한다. 음악을 좋아해서 일할 때 대체로 틀어 두는 편인데, 여러 군데서 서로 다른 작업을 동시에 할 때는 음악도 서로 다르게 틀어 분위기를 환기시키곤 한다. 예를 들어 세 개의 방을 돌아다니며 각각 다른 일을 할 때는 클래식, 재즈, 테크노, 이렇게 방마다 다른 음악을 틀어 놓고 마치 트

ⓒ 주명덕

구리 아천동 작업실. 1990

분당 작업실. 2007

인화지 사이즈가 커서 야외에서 수세하는 모습. 분당 작업실. 2005

분당 작업실의 정리된 필름 파일들. 2014

랜지스터 채널을 돌리듯 음악에 따라서 전혀 다른 기분으로 일하는 것이다. 그러다가 그중 한 가지 작업에만 열중하기 시작하면 몇 주 동안 같은 음악을 듣기도 한다.

멀티플레이로 일한다는 것은 한 가지 작업이 흐트러지면 다른 일에 연쇄적으로 영향을 줄 수 있다는 뜻이다. 주어진 시간을 최대한 효율적으로 사용하는 것이 필수이다 보니 조수들에게도 집중포화를 퍼붓는다. 항상 너덧 가지 일을 한꺼번에 주기 때문에 이것을 견디는 친구들은 오래가지만 초반에 적응하지 못하면 6개월을 채우지 못한다. 겉모습 때문에 내가 작업실에 선비처럼 조용히 앉아 있을 것이라 생각하는 사람들이 많은데, 내 모습은 오히려 물 위에 유유히 떠 있는 것처럼 보이지만 물속에서는 필사적으로 다리를 휘젓고 있는 백조에 가까운 것 같다. 이런 습관은 독일에서 혼자 공부를 할 때 습득한 것이다. 계획한 대로 이야기하고 행동하면 그것으로 끝인 독일인들 사이에서 내가 조율을 제대로 못해 일이 무산되는 상황을 피하기 위해서 주어진 일에 집요하게 파고들었던 것이 사진가로서의 삶에 도움이 되었다.

또 한 가지, 에디팅이란 주어진 정보를 온전히 자신의 것으로 만드는 능력이다. 세상에서 쏟아지는 수많은 정보들 가운데 나에게 필요한 내용을 고르고 편집하여 나만의 결과물로 만들어 보여 주는 통합적인 능력을 말한다. 사진의 경우 잘 찍고, 잘 골라내고, 잘 인화하고, 잘 전시할 때에야 비로소 좋은 사진으로 사람들에게 감동을 줄 수 있다. 네 가지의 어우러짐이 중요하다. 이것은 기자가 긴 취재와 인터뷰 뒤에 정해진 분량에 맞춰

짧고 일목요연한 기사를 쓰거나 강연자가 정해진 시간 안에 적절한 내용으로 강연을 하는 것과도 비슷하다. 핵심을 잘 뽑아내고 질서를 잡는 것, 그것이 에디팅이며 사진가에게도 이 능력이 꼭 필요하다.

특히 요즘처럼 장르 간의 벽이 허물어지고 대중과의 새로운 소통 방식을 고민해야 하는 시대에는 더욱 그렇다. 세상을 관찰하고 정보를 받아들여서 자신만의 방식으로 빚어내려는 노력을 기울일 때 다른 사람이 하지 않은 것을 찾을 수 있고, 다양한 장르를 연계해서 자기 것으로 만들 수 있다. 내 전문 분야가 사진이더라도 꼭 사진에만 한정하지 않고 여러 분야를 두루 접하면서 다른 이들은 무엇을 추구하고 자신의 예술 세계를 어떻게 구축해 나가고 있는지 살펴보는 것도 좋은 공부가 된다.

한마디로 정의할 수는 없겠지만, 창의성이란 결국 남들과 다르게 해석하려는 노력이다. 사람들은 보통 선입관을 가지고 남이 이미 만들어 놓은 지식에 맞춰 생각하지만, '이것은 이렇다'라는 선입관을 버리고 세상을 낯설게 보며 다시 내 눈으로 받아들이고 조합하고 새로운 해석을 할 때 창의성이 발현된다. 자칫 길을 잃기 쉬운 정보의 홍수 속에서 자신의 것을 확고히 하며 끊임없이 새로운 작품을 보여 주고 싶은 젊은 사진가들에게, 그리고 각 분야에서 노력하는 크리에이터들에게, 나는 먼저 자신의 폴더를 들여다보고 자신에게 맞는 정보 관리법을 만들어 가기를 권하고 싶다.

17

볼 수 있는 만큼 보인다

사진은 일종의 '언어'라고 할 수 있다. 외국어를 해독하기 위해 노력이 필요하듯이, 사진이라는 시각언어를 해독하는 데에도 훈련이 필요하다. 문자를 읽을 수 있는 사람이 모두 시를 이해할 수 있는 것은 아니듯, 한 장의 사진을 이해하기 위해서는 사진가들이 사용하는 영상어법을 이해해야 한다.
그러나 사진은 예술이기에 다른 학문의 영역과 달리 주관적이고 '대상과 대화하려는 열린 마음'이 우선한다.
마음이 열리면 표면적인 것 이상을 볼 수 있다.

eabody Essex Museum

FOR MEMBER

RT • ARCHITECTURE • CULTURE

Nov. / Dec. 200

BOHNCHANG KOO

Masterworks of Contemporary Korean Photography

Opening November 6

자신을 표현할 수 있는 도구를 발견하여 그것으로 세상과 소통하며 살아왔다는 점에서 나는 참 행복한 사람이라 생각한다. 어떤 이는 글을 쓰고, 어떤 이는 음악을 작곡하고, 또 어떤 이는 뛰어난 신체 능력이나 사업 수완을 발휘하는 등 누구든 자신이 잘할 수 있는 분야가 따로 있을 것이다. 나는 지금까지 찍은 사진으로 전시를 하고 책을 만들어 대중들과 교감하며 살아왔다. 신기한 것은 언어가 통하는 한국에서만이 아니라 낯선 나라에서도 사진으로 소통이 된다는 점이다. 물론 그들만 내 것을 좋아하는 것이 아니라 나도 그들의 것에 감동한다. 시각언어가 통하는 사람들이라면 그것이 사진이든 조각이든 서로의 작품을 이해하고 좋아하는 것에 별 문제가 없다.

반면에 같은 한국어를 쓰고 있다고 해도 시각언어가 통하지 않으면 소통에 단절이 온다. 같은 대상을 보면서도 서로 다른 면을 바라보기 때문이다. 한국에 돌아와 정착하던 초기에 특히 그런 일이 많았다. 셀프 포트레이트와 퍼포먼스 사진에 대한 인식이 별로 없던 시기라 〈열두 번의 한숨〉이나 〈기억의 회로〉 같은 작품을 자기도취로 치부하는 평론가들도 있었다. 이제는 국내에도 내 작품을 이해하고 공감하는 사람들이 많아졌지만 또 한편으로는 다른 평가를 하는 이들도 당연히 존재한다. 〈백자〉와 〈탈〉 사진에 대해 아름답기만 한 사진에 집착한다고 날을 세운 평론가도 있었는데, 그의 비판은 이를 테면 이런 것이다.

"대체 백자가 왜 핑크빛인가?"

"한국 탈의 대표적인 특징인 역동적이고 해학적인 면을 왜 다루지 않는가?"

이런 이야기를 들으면 아쉬운 마음이 든다. 그는 철저하게 내 작품의 표면만을 읽었기 때문이다. 비판에 대한 서운함이 아니라 여전히 기록사진을 보는 시각으로 나의 사진을 읽으려 했을 때 그가 놓친 부분들에 대한 안타까움이다. 남대문이 불탔을 때 그것을 기억하기 위해 중국화가가 찾아와 그림을 그렸는데, 남대문을 핑크로 그렸다. 그렇듯 작가들은 개개인의 시선으로 사물을 해석하고 표현하는 것에 자유로워야 한다고 생각한다.

백자를 핑크로 표현한 이유는, 백자가 '규방에 들어 있는 여인'처럼 느껴졌기 때문이다. 백자의 아름다움은 청자처럼 밖으로 드러나는 것이 아니다. 백자 사진의 핑크는 저 깊숙한 유교사회의 규방 안에 숨어 있던 여인의 살색이다. 이런 내 의도를 잘 잡아낸 것은 오히려 바다 건너 일본의 큐레이터였다. 그는 내 백자 사진을 이렇게 표현했다. '잡으려면 달아나는 하얀 옷을 입은 아씨 같다'고. 당시 동양도자미술관의 큐레이터였던 가타야마 마비片山まび는 내 마음을 들여다본 듯이 나의 백자를 이해했고, 일본에서 발간된 〈백자〉 도록에 서문을 써주었다.

언제부터일까, 나는 조선시대 백자들을 흰옷을 입은 '아씨'라고 불러왔다. 그녀들이 너무나 내성적인 탓일까. 누가 그 고운 손을 조금이라도 세게 잡으려면 금세 사라지고 찌그러진 모습만 드러난다. 한동안 그러한 '아씨'들의 모습은 큐레이터가 아니면 컬렉터만의 비밀이었다. 그런데 그 비밀은 이제 모두의 비밀이 되었다. 구본창, 이 작가의 손으로 조선시대 백자 '아씨'들이 그 모습을 인화지 위에 처음으로 남겼기에.

한국 백자는 왕비가 아니라 규방의 아가씨이다. 일본이나 중국의 화려한 옷을 입은 왕비 같은 자기도 아니고 청자처럼 치장이 많은 귀부인의 맛도 아닌 수더분한 아씨나 아낙네이다. 아무한테나 자신을 보여 주지 않는다는 점에서 잡으려면 사라져 버린다는 말이 딱 들어맞는다. 보는 사람에게만 보이는 것이다.

탈도 마찬가지다. 우리나라의 탈은 해학적이지 않은 것들도 많다. 그런데 장인들이 만든 탈들이 점점 사라져 가기에 남아 있는 탈들만 보고 우리의 탈은 모두 해학적이라는 오판을 하는 경향이 있다. 1950-60년대를 지나면서 탈의 역동적이고 해학적인 면이 집중적으로 부각되기 시작했지만, 탈의 본연의 모습 자체는 진지한 얼굴을 가지고 있다. 하류계층이 얼굴에 쓰고 그날만큼은 다른 영혼을 담아 하소연했던 도구인 탈에는 본질적으로 영혼, 죽음, 어둠이라는 요소가 포함되어 있다. 기메 박물관에서 촬영했던 19세기 탈에는 그런 영적인 색채가 강했다. 그러나 그 탈들의 사

34 guide

LIBERATION
MERCREDI 15 DÉCEMBRE 2004

Photo. Le photographe coréen saisit l'étrangeté des personnages masqués du théâtre «talchum».

Koo de cœur

Galerie Camera Obscura
268, boulevard Raspail, 75014 Paris. Jusqu'au 5 février. Rens. : 0145456708. Et un livre, «Hysteric Nine», édité à 400 exemplaires numérotés (40€).

«Même si le masque est un lien avec l'au-delà, il porte toujours la mort. J'ai essayé de le rendre vivant et de lui insuffler un esprit. J'ai toujours été intéressé par les objets voilés», dit Bohnchang Koo, né en 1953 à Séoul, à propos de ces comédiens amateurs et danseurs masqués qu'il a photographiés pendant quatre ans dans toute la Corée du Sud.

Jusqu'alors peu sensible aux traditions culturelles coréennes, il a eu un coup de foudre pour ce théâtre satirique appelé *talchum*, où les pauvres se moquent sans façon des bourgeois depuis une éternité. Comme il ne voulait pas utiliser le décor habituel de ces comédies dansées au son des tambours, il a portraituré à la chambre hommes et femmes devant une bâche.

Danseurs masqués, 2002.

Ce qui surprend, plus que les masques en papier dessinés à la va-vite – bien loin, par exemple, de la perfection japonaise –, c'est l'impression d'immobilité qui règne dans les photographies, et leur familière étrangeté. *«J'aime ce qui reflète le passage du temps et ce qui est abîmé»*, ajoute Koo, formé à Hambourg et grand admirateur d'Eugène Atget, notre pupille de la nation. Parmi ses autres sources d'admiration : Diane Arbus, le grand Curtis et ses Indiens d'Amérique du Nord. Pour son prochain travail, Koo voudrait photographier le vide des porcelaines blanches sans dessin, et *«montrer que beaucoup de gens aspirent à ce même vide, qui est l'une des richesses de la culture asiatique»*.

BRIGITTE OLLIER

REGGAE

Groundation casse la glace au Glaz'art

Glaz'art
7, avenue de la Porte-de-la-Villette, 75019 Paris. Les 15, 16 et 19/12 à 20h30. 14€. Rens. : «0140365565.

Trois dates parisiennes pour le groupe de reggae roots Groundation, venu de Los Angeles, une ville pourtant peu propice aux bonnes vibrations. En quatre albums, ce big band a conquis les fans de reggae, tout d'abord grâce à la voix gémissante de son chanteur, Harrisson Stafford, mais aussi grâce à ses arrangements jazzy. Pour leur précédent album, *The Hebron Gate*, ils invitaient le chanteur des Congos ; pour le nouveau, *We Free Again*, ils s'offrent Apple Gabriel, ex-membre d'Israel Vibration, et Don Carlos de Black Uhuru. Voilà en tout cas une belle manière pour le Glaz'art, endeuillé par sa prochaine fermeture, de terminer en beauté.

STÉPHANIE BINET

ROCK

Paris

La Souris Déglinguée
Ces valeureux autant qu'increvables pionniers du rock alterno-parigot fêtent 25 ans de bon et loyaux service.
Elysée-Montmartre, 72 bd de Rochechouart, 18e. 01 55 07 06 00. Ce soir 19h.

JAZZ

Paris

Nébuleuse du Hask
Après douze ans d'aventures, la galaxie porteuse d'une confrérie d'ingénieux laborantins à géométrie variable s'éparpille. Dernier soir d'au-revoir avec **Thôt**, quartet du saxophoniste Stéphane Payen (avec Gilles Coronado, Hubert Dupont, Christophe Lavergne) accompagné par la flûte de **Magic Malik** suivi de la performance interactive **Around Three Gardens**, avec cette équipée futuriste, qui, forte de ses improvisateurs, invente, sous l'impulsion des images en construction, la pâte sonore.
Studio de l'Ermitage, 8 rue de l'Ermitage, 20e. 01 48 59 39 74. 10€. Ce soir 20h.

Inauguration
Ouvert depuis quelques semaines, le Rosso Caffe (restaurant parfum Italie) organise sa première soirée jazz avec **Manu Leprince** suivie par **Olivier Temime** et son groupe Electric Volunteered Slaves.
Rosso Caffe, 3-5 impasse Marteau, 18e. 01 58 34 05 81. Dîner + concert : 25€. Concert : 20h30. Accès Porte de la Chapelle, dir. Plaine St-Denis (au début de l'av. Wilson, entre Suite Hôtel et Etap Hôtel). Parking gratuit au Suite

CHANSON

Paris

Fabien Martin
Petit tour de chauffe, avant tournée en mars, pour un des artistes français intéressants apparus cette année avec l'album *Evereverest*, dont on a goûté la mélancolie raffinée comme les embardées fantasques.
Zèbre de Belleville, 63 bd de Belleville, 11e. 01 43 55 55 55. Complet. Ce soir 20h30.

CLUBBING

Paris

Divan sur K-napé
Image et musique, soirée en deux temps. Mix selon RKK, du lascif au vitaminé
Divan du Monde, 75 rue des Martyrs 18e. 01 40 05 06 99. Entrée libre. Apt 20h30.

THÉÂTRE

Paris

Festival d'Automne
Eraritjaritjaka (musée des phrases). Une saisissante expérience de théâtre musical conçue par Heiner Goebbels, d'après des textes d'Elias Canetti (prix Nobel de littérature), et jouée par André Wilms.
Odéon-Théâtre de l'Europe, bd Berthier, 17e. 01 44 85 40 40. Mar-sam 20h, dim 15h. Jusqu'au 19/12.

La Vallée de l'ombre de la mort
Un diptyque du Sfumato de Sofia sur un texte en bulgare de Gueorgui Tenev d'après Dostoievski. Deuxième volet *Ivan*, ms Ivan Dobtchev.
La Tempête, Cartoucherie, 12e, 01 43 28 36 36. Mar-sam 20h30 (jeu 19h30)

Kaddish pour l'enfant qui ne naîtra pas
Théâtre-récit de Joël Jouanneau et Jean Launay d'après le roman de l'écrivain hongrois Imre Kertész. Avec Jean-Quentin Châtelain.
Théâtre Ouvert, 18e. 01 42 62 59 49. Jusqu'au 22/12.

Entre courir et voler
Y a qu'un pas papa.
Une course existentielle écrite et jouée par Jacques Gamblin.
Théâtre de la Commune, Aubervilliers, 01 48 33 16 16. 21h. Jusqu'au 18/12.

L'Homme-poubelle
De Matéi Visniec, mise en scène Gabriel Garran, interprété par Sid Ahmed Agoumi.
TILF, parc de la Villette, 19e. 01 40 03 93 95. Jusqu'au 19/12.

DANSE

Paris

Philippe Decouflé
«Iiris».
Théâtre de Chaillot, 16e. 01 53 65 30 00. Mar-sam 20h30 et dim 15h. Jusqu'au 31/12.

Pantin

Up the Rap
La compagnie malgache créée par Rudi et Angeluc Rehava présente *Rah ? Ay.*
CND, 1 rue Victor Hugo, 01 41 83 98 98. 20h30. Jusqu'au 17/12.

Nathalie Pernette
«La Flûte enchantée». La chorégraphe creuse les rapports entre la gestuelle du hip hop et l'art lyrique.
CND, 1 rue Victor Hugo, 01 41 83 98 98. Auj à 14h, jeu 16 et ven 17 à 19h.

À REPÉRER

Paris

파리 《리베라시옹(Liberation)》지에 실린 〈갤러리 카메라 옵스큐라〉 전시에 대한 기사. 2004
표제인 'Koo de cœur'는 원래 'coup de cœur(사물이나 사람을 보고 단번에 빠져 버리는 것을 표현하는 말)'라는 표현인데, 'coup' 대신 발음이 같은 나의 성 'Koo'를 사용한 언어유희이다.

"가면은 이승과 저승을 연결해 주는 매체라고 할 수 있지만 그래도 그것은 항상 죽음을 생각하게 합니다. 그 가면에 생명력을 주고 영혼을 불어넣어 주려는 시도를 했습니다."

수년간 한국의 방방곡곡을 찾아다니며 탈춤과 가면극의 아마추어 배우들을 촬영한 사진가 구본창은 그의 사진에 대해 이렇게 말한다. 그때까지만 해도 한국 전통문화에 대해 무관심했던 그는 어느 날 갑자기 탈춤이라 불리는, 서민들이 거침없이 양반을 비판하는 이 풍자극의 매력에 빠져들었다. 그는 북소리의 장단에 따라 진행되는 이 무용풍자극의 전형적 무대장치를 배경으로 사용하고 싶지 않았기 때문에 방에서 천을 둘러치고 초상화처럼 이들의 모습을 사진에 담았다. 이 사진들의 놀라운 점은 날림으로 만든 종이에 그린 가면이 아니라 (예를 들어 일본식의 완벽주의와는 동떨어진) 사진을 지배하고 있는 정지감과 그 친근한 기이함이다.

진을 전시했을 때 국내에서는 우리나라의 것이 아니라고 한바탕 난리가 났었다. 골동품 같은 오래된 물건에 관심이 있는 사람들이 내가 찍은 탈을 더 쉽게 이해하는 것을 보면, 그런 애착과 호기심이 대상에 대해 마음을 열어 주는 것은 틀림없는 것 같다.

〈탈〉에 대한 평론을 가장 잘 써준 사람도 희한하게 일본사람이었다. 이이자와 고타로飯沢耕太郎라는 그 평론가는 내 탈 사진을 보고 요기를 느꼈고 그래서 소름이 돋았다고 하였다. 그는 탈이 품은 원형적인 감정을 잘 이해하고 있었다. 나도 그 사람의 글을 보고 신기해했다.

> 구본창의 〈탈〉 시리즈를 보면서 나는 무엇이라고 설명할 수 없는 노스탤지어를 느낀다. 비록 이 시리즈가 일본인인 내가 공유할 수 없는 그 무엇, 즉 한국의 문화를 배경으로 한다는 점은 부인할 수 없지만, 탈이 나타내는 무수한 표정은 어디에서 본 듯하다는 기시감Déjà Vu을 주고 있다. 그 얼굴들은 익숙하다. 마치 먼 과거, 아마도 내가 태어나기도 전에 어머니의 자궁 속에서 마주쳤으리라는 느낌을 강하게 불러일으킨다.

2002년 피바디에섹스 박물관에서 개인전을 열었을 때 《보스턴 글로브》의 평론도 자연과 인체에 대한 적절한 이해를 보여 주었다. 다른 민족이며 다른 언어를 쓰는 그들이 내가 하고 싶은 말을 딱 떨어지게 하는 것을 보면서 역시 사진이라는 시각언어는 만국의 공용어라는 생각이 들었다.

순수회화나 클래식 음악을 아는 만큼 즐길 수 있듯이 사진도 그 작가의 작품세계를 이해할 때 더 많은 것이 보이는 것은 사실이다. 그러나 그 '안다'는 것이 반드시 지식일 필요는 없다. 중요한 것은 이해하려는 자세와 본질을 보고 싶어 하는 호기심, 그리고 미적인 감성이라 생각한다. 사진가가 작품을 어떻게 소화했는지 같이 호흡하려고 노력한다면 볼 수 있는 세상은 더 넓어질 것이다. 그러한 노력은 작가를 위한 것이 아니라 감상자가 예술작품을 통해서 얻을 수 있는 더 많은 즐거움을 위한 것이다.

18

교감의 통로

사진의 소통 방법은 '보여 주는 것'이다.
작가가 아무리 개성 있고 새로운 시도를 한다 해도
그 결과를 보여 줄 수 없다면 아무 의미가 없을 것이다.
대중에게 나의 사진을 보여 주고, 또 다른 사진가들의
사진을 소개하고, 그리고 우리나라의 사진을 세계에
보여 주는 것. 돌아보면 이것이 내가 하고자 한 일이었다.

2014년 2월 국립현대미술관 서울관의 디지털정보실 개관과 더불어 전시를 열게 되었다. 제목은 〈구본창 아카이브: 18개의 전시〉. 1987년부터 2013년까지 내가 기획했던 대표 사진전을 조명하는 이 전시는, 사진가가 아닌 '전시 기획자'로서의 구본창에게 초점을 맞추고 있다는 점에서 그 의미가 특별하다. 나의 본업은 사진가이지만 한국 현대 사진사에 전시 기획자로서 일정 부분 기여한 것에 대한 자료들을 보여 주는 전시였다.

내가 작가로서 재미와 보람을 느끼는 순간은 당연히 좋은 작품을 만들었을 때이지만 그것을 국내외 작가들이나 대중들과 함께 나누며 느끼는 교감 또한 큰 몫을 차지한다. 또 작품 활동 못지않게 학생들을 가르치는 보람도 크다. 가능성 있는 학생들을 이끌어 주고 그것이 힘이 되어 성장해 나가는 과정을 지켜보는 것은 무척 행복한 일이다. 이 모든 것을 경험할 수 있는 통로가 바로 사진전이다.

국내에서 사진이 미술관에 전시되기 시작한 것은 그리 오래된 일이 아니다. 불과 20년 전만 해도 사진 분야에는 큐레이터Curator라는 개념조차 없었다. 그런 척박한 환경에서 사진을 대중에게 보여 줄 수 있는 방법을 찾아내기 위해 고민하고 노력해 왔다. 그렇게 해서 나와 다른 작가들의 작품

〈죽은 듯 엎드려 실눈 뜨고〉. 서울 한마당 화랑. 1987

이 점차 넓은 세계로 퍼져 나가는 것을 지켜보는 것은 즐거운 경험이었다. 기획하고 참여한 전시 모두가 내게는 중요한 의미를 갖고 있지만 그 가운데 개인적으로 기억에 남는 전시를 몇 가지 돌아보고자 한다.

귀국하던 1985년에는 한국일보사 뒤편에 위치한 한마당 화랑이 당시 유일하게 한국사진을 전시하던 곳이었다. 그곳에서 전시를 하려면 주명덕 선생님의 허락을 받아야 한다고 해서 포트폴리오를 가져가 보여 드렸더니, "유학 갔다 온 게 이 정도야?" 하고 은근히 핀잔을 주셨지만 그래도 전시를 허락해 주셨다. 그렇게 나는 한국의 사진계에 첫 발을 딛게 되었다.

〈죽은 듯 엎드려 실눈 뜨고〉(1987)는 당시 강의를 맡고 있던 서울예술대학교 학생들과 함께한 그룹전이다. 전시의 제목은 강은교 시인의 시 〈일어서라 풀아〉에서 인용한 구절이다. 무한한 가능성을 지니고 있으나 아직 그것을 발휘할 기회를 갖지 못한 학생들을 힘없는 민중이나 약자를 비유하는 풀에 빗대어, 그들이 엎드려 도약할 시기를 엿본다는 뜻을 담았다. 그 이전에는 학생들과 함께한 전시의 사례가 없었다는 것을 나중에 알게 되었다.

앞에서 이야기했던 〈사진 새시좌전〉(153페이지 참조)은 이듬해인 1988년에 열렸다. 당시의 주류를 이루고 있던 한국사진에 답답함을 느끼던 젊은 유학파 사진가들과 의기투합한 전시였다. 기존 사진의 흐름에서 벗어나 사진가의 개인적인 관점을 내포한 새로운 트렌드를 소개했다는 평가를 받은 이 전시를 사진비평가들은 하나의 전환점이었다고 회고한다.

위 \ 〈대구 사진비엔날레〉 오프닝 행사. 2008
가운데 \ 〈아! 대한민국〉. 자하문 미술관. 1992
아래 \ 〈유재 정해창〉. 갤러리 눈. 1995

위 \ 오라클 미팅. 일본 기요사토 박물관. 1998

가운데 \ 휴스턴 포토페스트 〈한국 현대사진전〉 기념사진. 2000

아래 \ 휴스턴 포토페스트의 디렉터 프레드릭 볼드윈과 웬디 와트리스와 함께. 2000

90년대에는 개인전을 해나가는 틈틈이 국내의 젊은 사진가들과 함께 다양한 주제의 그룹전을 병행하였다. 대한민국의 키치한 모습을 다룬 〈아! 대한민국〉(1992), 터부시되던 신체와 성에 대한 새로운 담론을 끌어내고자 했던 〈신체 또는 성〉(1995) 등 30여 회의 그룹전을 가졌다. 그 가운데 한국인으로는 최초의 개인 사진전을 개최했던 작가 정해창鄭海昌, 1907-1968을 기념한 〈유재悠哉 정해창〉(1995)은 내가 작가에 대한 경의와 애정을 담아 기획한 것이다.

직접 기획하지는 않았지만 개인적으로 중요한 의미를 갖는 전시로는 2001년에 로댕 갤러리(지금은 플라토로 이름이 바뀌었다)에서 열린 〈구본창 사진전〉이 있다. 비회화 부문에서는 처음으로 미술관에서 열린 전시이자 나에게는 가장 큰 규모의 개인전이었던 이 전시는 사진가로서의 나를 조명해 주는 회고전이었다. 한국의 미술관들은 그때까지 회화나 조각 등에만 관심을 보였는데 IMF 시기를 거치면서 사진에 대한 관심이 높아지기 시작했다. 대기업이 후원하는 전시장이다 보니 비용 부담 없이 작가가 하고 싶었던 것들을 실현시켜 주었다. 사진전으로는 이례적으로 큰 전시라 사진에 관심이 없었던 일반 대중들도 많이 관람하는 기회가 되었다. 개인적으로는 부모님이 살아계셔 이런 모습을 한번이라도 보셨더라면 좋았을걸 하는 아쉬움이 남기도 했다. 그리고 이 전시를 통해 사진 관계자들뿐 아니라 디자이너들과의 소통 채널도 열렸다. 대학 때 이 전시를 봤다거나 전시장에서 사인을 받았다는 사람들을 나중에 많이 만났다. 당시 계원예술대의 교수였던 나는 이 전시를 거치며 점차 작가로서의 활동에 비중을 두게 되었고 해외에 나갈 일이 많아지면서 학교를 그만둘 수 밖에 없었다.

2000년을 전후하여 나의 관심은 우리 사진을 해외에 소개하는 일에 집중되었다. 1998년 세계의 박물관 큐레이터들과 관장들의 모임인 오라클Oracle의 초청을 받아 일본에서 한국 현대사진에 대한 특강을 하게 되었다. 오라클은 한국사진을 전 세계 큐레이터들에게 알리는 계기가 되었고, 그때의 인연으로 미국 휴스턴, 덴마크 오덴제, 호주 시드니에서 연달아 한국 현대사진전을 개최하였다. 그때까지만 해도 외국에 나가 공부하는 것만이 최선의 길이라고 생각했던 한국의 학생들도 이런 교류가 있다는 것을 알고 하나둘 모임에 참가하기 시작했다. 그 외에도 큐레이터들이 작가의 사진을 평가해 주는 포트폴리오 리뷰Portfolio Review라는 프로젝트에 많은 젊은 작가들을 소개할 수 있었다.

2008년에 맡았던 제2회 대구 사진비엔날레 총감독의 직책은 개인 작업을 포기하고 1년이라는 시간을 바쳐야 했다. 이 행사는 한국 사진계의 현재를 총체적으로 조망하면서 다양한 감회를 안겨 주었지만, 사실 내가 감독직을 맡은 가장 큰 이유이자 의의를 두는 부분은 이 행사를 통해 아직 빛을 못 본 채 숨어 있는 재능 있는 젊은 작가들을 발굴하는 것이었다. 제1회 비엔날레 때에는 다큐멘터리 사진가 스티브 맥커리Steve McCurry, 1950-를 초청했는데 유명 작가에게만 관심이 쏠린 나머지 다른 많은 작가들의 작품이 오히려 조명을 제대로 받지 못하는 부작용이 있었다. 그래서 2회 때에는 중국, 대만, 일본과 함께 우리나라의 사진을 보여 주고 아

위 \ 〈눈뜸〉. 시드니 ACP 전시 오프닝. 2001
가운데 \ 도호쿠 대학 사진학과 특강. 2002
아래 \ 루가노 마스터 클래스 크리틱. 2011

시아인의 교류를 도모하는 행사로 만들고자 하였다. 행사에 참가하는 서구 큐레이터들의 관심 역시 그들이 잘 알지 못하는 아시아 현지의 작가들에게 있었다. 신인 사진가들이 작가로서 자리 잡는 어려움을 잘 알고 있기에, 작가 입장에서 한국 작가들의 작품을 보여 줄 수 있는 기회를 만들어 보고 싶었다. 앞으로도 기회가 되면 후배들의 소개에 적극적으로 노력할 것이다.

세월은 어느샌가 '구본창'이라는 이름 앞에 하나둘씩 수식어를 붙여 주었지만, 이름보다는 내가 살아온 과정이 나를 말해 준다고 생각한다. 내가 살아온 시대는 1980년대, 1990년대, 2000년대의 한국이고, 그 과정을 바탕으로 누군가 또 새로운 문을 열고 흔적을 만들어 갈 것이다. 그렇게 끊임없이 새로운 사람들과 새로운 방법을 찾으며 새로운 작품으로 세상과 호흡하고 싶다.

에필로그

견딜 수 있을 만큼의 고독

유학 생활 중 크리스마스만큼 고향을 생각나게 하는 시간도 없었다. 크리스마스 시즌이 되면 함께 하숙을 하던 친구들도 모두 가족을 찾아 떠나버리고 거리의 모든 상점이 문을 닫는다. 평소에도 저녁 6시면 문을 닫아 조용한 함부르크의 거리에는 주차되어 있던 차들조차 자취를 감춘다.
빈 하숙집에 들어와 벗어 던져 놓은 구두를 돌아보며 혼자인 나를 확인했던 그날의 장면을 카메라에 남겨 놓았다.
지금도 고독을 철저히 견딜 수 없다는 것, 무수한 얇은 감정을 온전히 잘라 낼 수는 없다는 것을 매번 크리스마스가 돌아올 때마다 확인하지만, 그럼에도 12월이 되면 창문마다 반짝이는 전구와 빨간 포인세티아가 놓여 있는 거리와 키 큰 전나무들이 하얀 눈을 뒤집어쓴 채 마치 오래된 카드 속의 풍경처럼 서 있던 독일의 겨울이 그리워진다.

설날, 추석, 연말과 같이 긴 연휴는 내가 세상의 번잡함에서 잠시 벗어나 창작에 몰입할 수 있는 귀중한 시간이다. 대부분의 사람들이 가족과 함께 명절을 즐기는 그 시간, 내가 느끼는 혼자라는 고독감은 어느 순간부터 내부로 침잠해 영감을 발휘하게 해주는 동력이 되었다.

나는 원래부터 사교적인 사람이 아니었다. 어릴 적 학교 가기를 두려워했던 소년은 예순 살의 나이가 되어서도 밖에 나가 사람들과 어울리길 즐기지 않는다. 30여 년간 사진계에 몸담고 수많은 대외활동을 해온 내게 아직도 그런 성향이 남아 있다는 사실을 사람들은 의외로 여기지만, 등교 시간이 싫었던 초등학생 시절과 연이은 회식자리가 지긋지긋해 다른 세계로 뛰쳐나가고 싶었던 대기업 신입사원 시절의 구본창이 아직도 내 안에 함께 존재하고 있다.

물론 모든 인간이 가진 근원적인 고독감에서 나만이 예외일 수는 없는 법이다. 젊은 시절에는 외로움을 견디기 어렵다는 생각, 내게는 진정한 가족이 없다는 생각으로 힘든 시기도 있었다. 그리고 어른이 되어서 철저히 그 고독을 견딜 수 없는 자신에게 화가 나기도 하였다. 그러나 어차피 창작자에게 고독이란 벗어날 수 없는 굴레이자 함께 가야 할 동반자이다. 모든 창작의 순간은 혼자만의 시간을 통해서 이루어지기 때문이다.

가장 생산적으로 글을 쓰는 시간이 설날과 추석이라던 어느 작가처럼 나에게도 연휴가 가장 마음 편히 홀로 되는 시간이며, 쉴 새 없이 사람들과 부대끼는 작업 속에서 유일하게 외부로부터 나 자신을 지킬 수 있는 시간이기도 하다. 세월과 함께 누에고치처럼 두꺼워진 나만의 껍질 속에서 외로운 순간을 겪고 나면 언제나 새로운 영감과 맞닥뜨리곤 하였다. 나에게 고독의 시간은 늘 새로운, 혹은 잊고 있던 무언가를 끄집어내는 계기가 되어 준다.

그래서 연휴가 시작되면 가장 먼저 하는 일이 전화기를 꺼버리는 것이다. 외부와의 유일한 연결 장치인 전화만 없다면 아무도 관여할 수 없는 나만의 세계에 조용히 머무를 수 있기 때문이다. 연휴에 맛보는 고독은 나에게 1년 중 몇 번 누릴 수 없는 일종의 사치라 할 수 있다.

이러한 시간은 사실 '쉼'이라기보다 '정리'의 시간이라고 말하는 편이 더 정확할지도 모른다. 미루어 두었던 대청소를 하고 집 안을 뒤집어 인테리어를 새로 하고 생활환경을 뒤바꾼다. 잔뜩 쌓여 있는 서류더미를 정리하다 보면 그 속에서 까마득히 잊고 있던 작품을 발견하기도 하고, 오랜만에 늦잠을 자고 일어나 햇볕을 쬐며 신문을 읽고 밀린 스크랩북을 끄집어내어 살피다 보면 정체 중이던 생각의 틀이 잡히기도 한다.

잠시 머리를 비우고 새로운 세계로 빠져들고 싶을 때는 텔레비전 앞에 앉아 채널을 처음부터 끝까지 하나하나 돌려 본다. 내셔널지오그래픽, 디스커버리, 선댄스 채널부터 〈장학퀴즈〉 프로그램까지 세상의 무수한 이야기들에 귀를 기울인다. 심리극, 여행, 우주, 천체, 역사 같은 분야의 이야기를 특히 좋아하고, 사람 사는 이야기가 담긴 〈인간극장〉 같은 프로그램도 즐겨 본다. 모든 이가 스승이라는 영국 디자이너 폴 스미스Paul Smith, 1946- 의 인터뷰처럼 사연 많은 이들의 삶은 내게 또 다른 삶을 간접적으로 경험할 수 있게 해준다. 그들의 운명과 마음의 굴곡을 읽는 것은 때로 숭고하게 느껴지기도 한다. 하다못해 〈동물농장〉에서 강아지가 난관을 어떻게 극복하는가에 심취할 때도 있다. 나는 사람이, 또는 동물들이 갈등을 극복하고 고난을 헤쳐 나가는 내용을 좋아한다.

그러나 어느 순간, 눈은 TV 속의 내용을 따라 가고 있지만 마음은 오히려 진공 상태로 변해 가고 있음을 깨닫게 된다. 그 순간에 나는 깊이 내 안으로 파고들어, 마치 깊은 우물에서 물을 긷듯이 내면의 영감들을 길어 올리고 있다. 이러한 시간을 나는 '진공의 시간'이라 부른다.

흐르는 물에는 얼굴을 비쳐 볼 수 없다는 격언이 있다. 평소에는 여러 개의 레이어를 가동시켜 다중의 일을 해나가지만, 작품에 대한 생각을 가다듬을 때는 스스로도 미처 의식하지 못하는 사이에 진공의 시간이 나를 잡아 이끈다. 어떤 대상을 찾아내거나 마음속 폴더의 저장물들 중에 한 가지 모티프를 찾아내 작업의 실마리를 찾을 때, 그렇게 깊이 내 마음속을 들여다보아야 하는 순간에 이 시간이 찾아온다.

오로지 홀로 맞이해야 하는 그런 순간에 유일하게 함께할 수 있는 친구가 있다면 그것은 음악이다. 마리아 칼라스, 바흐, 파바로티와 제목도 알 수 없는 테크노 음악들. 나는 그들을 친구 삼아 진공의 시간을 거닌다. 그렇다고 그를 위해 내가 값비싼 브랜드의 오디오 기기를 구입하거나 명연주 음반만을 찾는 것은 아니다. 라디오에서 흘러나오는 음악에도 기꺼이 귀를 기울인다. 오래전 덴마크 큐레이터의 집을 방문했을 때 목욕탕에 매달린 작은 트랜지스터가 들려주던 잡음 섞인 탁한 음은 무척이나 아름다웠다. 전시회에서 사진을 발표하고 많은 사람의 시선을 받는 것보다 내가 진정으로 행복하다고 느끼는 순간은 사실 이렇게 나만의 공간에서 새롭게 찾아낸 보석들과 마주하는 시간이다. 이 고독한 시간이 내게는 더할 나위 없이 소중하다.

사진가든 건축가든 음악가든 자기만의 예술 세계를 가지고 있는 사람이라면 고독의 소중함을 안다. 촬영은 피사체와 단둘이 나누는 내밀한 대화이기에, 그룹으로 다니며 동일한 것을 찍는 활동에서는 자신만의 포커스를 만들기를 기대할 수 없다. 또 진공의 시간을 통하지 않고는 자기 안에 있는 영감을 발견하기 어렵다. 어쩌면 나는 피사체와 그리고 나 자신과 대화하기 위해 사람과의 대화를 끊은 것인지도 모른다.

가끔은 내가 무엇을 위해 이런 고독한 싸움을 하는가 반문할 때도 있다. 하지만 대답은 언제나 같다. 내 자신을 지속적으로 계발하고 확인하는 작업이 즐거울 뿐이다. 남에게 보여 주려는 것도 유명해지려는 것도 아닌, 언제나 남다른 것을 찾아내고 표현하고 싶은 욕구가 나를 채찍질한다.

분명 외로움의 순간은 있다. 하지만 예술가에게 그것은 견딜 수 있을 만큼의 고독이다. 작가라면 누구나 목말라할 내면의 호기심과 갈망을 충족시키기 위한 과정이며, 그것이 가져온 결과로 인한 환희를 위해 감내할 수 있는 순간이다.